JOKE JANSSEN

VETTE CRISIS

J/columbus

Voor Emma

Vette crisis
Joke Janssen

ISBN 978-90-8543-411-5
NUR 285
c-NUR 050

Ontwerp omslag: BEEEP grafisch ontwerp bno
Opmaak binnenwerk: Buitenspel, Meppel

Uitgeverij Columbus is onderdeel van Royal Jongbloed te Heerenveen.

www.royaljongbloed.com
www.jokejanssen.nl

Hallo daar!

Je leest mijn verhaal! *Thanks.*

Nee, ik ben niet Joke Janssen. Denk niet dat dit verhaal door ene Joke Janssen verzonnen is. Dit is *mijn* verhaal. Die Joke staat dan wel leuk op de kaft, maar alleen omdat ze zo slim was om naar mij te luisteren. Ik heb haar de hele *story* – woord voor woord! – verteld.

Natuurlijk had ik het ook zelf kunnen opschrijven. Makkelijk zat. Maar, zeg nou zelf, hoe saai is dat? Uren en uren typen aan een verhaal waar je het eind al van kent. Ik dacht: laat die Joke het lekker opschrijven als ze tijd te veel heeft. Toch bleef ik haar in de gaten houden. Voor je het weet, fabriceert zo'n *wannabe* schrijver van die literaturige zinnen, of gebruikt ze middeleeuwse woorden.

Dit is en blijft *mijn* boek. Oké, oké, het is nu ook een klein beetje van jou.

Niks van wat je gaat lezen, is verzonnen. Dit is geen opgepoetst socialmediapraatje. Nee, dit is de harde werkelijkheid. *Mijn* werkelijkheid. Een ware autobiografie.

Meestal gaan autobiografieën over beroemde of speciale mensen. Deze niet. Beroemd of bijzonder speciaal ben ik niet. Ik kan hard rennen, maar niet harder dan een jachtluipaard. Ik ben niet onhandig, maar ik heb geen record luciferdoosjes stapelen. Ik ben een gewone jongen, die nog nooit een record verbroken heeft of iets heldhaftigs gedaan heeft, zoals een peuter uit de sloot redden. Mijn familie is ook niet apart of zo, iedereen is doodnormaal.

Waarom dan een boek over mijn leven en niet over jouw leven? Specialer dan jij ben ik tenslotte niet. Nou, door wat ik heb meegemaakt, en jij – hopelijk – niet.
Volgens mijn ouders 'hang je de vuile was niet buiten'. Jarenlang deed ik alsof ik een doorsnee puber was. Niet alleen voor mijn ouders, vooral voor mezelf. Ik schaamde me en wilde niet dat klasgenoten en zo me zielig gingen vinden. Of erger: gingen pesten.
Maar plotseling was ik al dat geheimzinnige gedoe spuugzat. Ik stond op knappen. *Moest* vertellen over onze armoedige ellende, mijn stress en woede en zelfs over mijn criminele 'carrière'. Geen dingen achterhouden. Eindelijk eerlijk zijn.
Ben ik niet bang voor de reacties van anderen? Tuurlijk wel. Maar ik ben er klaar voor. Kom maar op!

Liam

Right ... Eerst iets over mezelf vertellen dan maar. Dat ik een jongen ben, weet je ondertussen allang. Mijn naam? Best handig om te weten. Anders ga je me straks 'die jongen' noemen, terwijl ik Liam heet: Liam Aldersen.
Ruim 16 jaar geleden werd ik geboren in het huis waar ik – gelukkig – nog steeds woon. Het is niet superoud. Mijn ouders waren de eerste bewoners. Zij hebben het zo'n twintig jaar geleden gekocht. Vóór mijn geboorte in ieder geval.
Ons huis staat in een rustige straat met 24 exact dezelfde woningen. Ik vind ons huis helemaal goed, ook al is-ie niet erg indrukwekkend. In alle Nederlandse steden zie je dezelfde soort huizen: schuin dak, garage ernaast, drie slaapkamers boven, zolder, tuintje voor, tuintje achter.
Stel, iemand blinddoekt je, zet je in een auto en rijdt je naar ons huis. Pas als je voor ons huis staat, mag je blinddoek af. Je weet niet waar je bent. Zeker weten! Ben je terechtgekomen in Maastricht, Leeuwarden of toch op Urk? Aan ons huis kun je niet zien dat je in Culemborg beland bent. Natuurlijk zul je ook niet snel aan Culemborg denken. Het is niet bepaald een wereldstad.

Wij wonen in Culemborg, omdat mijn moeder ervandaan komt en nergens anders wil wonen. Zij zegt altijd: 'Ik ben hier geboren en ik zal hier ook sterven.' Typisch mijn moeder! Je zult niet snel mensen tegenkomen die minder flexibel zijn dan zij. Ze is zo iemand die alles volgens de regeltjes doet. Iemand die je precies weet te vertellen hoe iets hoort of moet. Het zal je waarschijnlijk niet verbazen als ik

vertel dat ze boekhouder is. Ze heeft zelfs een eigen boekhoudkantoor. Als 'kleine zelfstandige' zet mijn moeder allemaal cijfertjes onder elkaar en stuurt de eindcijfers door naar de belastingdienst. Dolle pret! *Not*!
Raar maar waar: mijn moeder vindt haar werk te gek. Vooral het bedenken van slimme trucjes om haar klanten minder belasting te laten betalen, vindt ze fantastisch. Als ze een nieuw trucje uitvindt, is ze dagenlang hieperdepiep. Telkens probeert ze ons die trucjes uit te leggen, maar halverwege zo'n uitleg vallen wij in slaap. *Boring*. Snap persoonlijk niet wat er leuk aan is. Maar waarom zou ik daarover dooremmeren? Als zij het leuk vindt …

Nu beschrijf ik mijn moeder misschien wat negatief. Ze heeft ook goede kanten. Soms. Het is makkelijker om mijn vader aardig te vinden. Een (te) dikke goedzak, die iedereen wil helpen en gelooft dat de rest van de wereld even lief en eerlijk is als hij. Maar ja, zoiets heeft ook mindere kanten … Ach, het zijn mijn ouders, en ik ben niet van plan om met je te ruilen. Mijn zusje mag je af en toe wel hebben. Anouk is 11 (bijna 12) en denkt altijd alles beter te weten. Jaja, ik weet het: je moet aardig zijn voor kleine zusjes. Maar de hele mensheid doet al aardiger tegen mijn zusje dan tegen mij. Iemand moet haar duidelijk maken hoe irritant ze is. Toch?

Woef is ons vijfde – harige – gezinslid. Niet de slimste hond ter wereld, wel de enthousiastste.
En ook opa en oma Blom – ouders van mijn moeder – zijn supervaak bij ons thuis te vinden. Zij wonen twee straten verderop. Megadichtbij dus. Ik kan erheen wanneer ik wil. Mijn andere opa en oma wonen in Zuid-Limburg. Daar loop je iets langer over dan vijf minuutjes ... Om ze te zien, rijden

we af en toe naar het zuiden. Sinds onze geldproblemen – komt later, komt later – bijna nooit meer. Te duur.
In ons huis is de zolder mijn terrein. Een verjaardagscadeautje voor mijn elfde verjaardag. Ik wilde zo afgrijselijk graag op zolder slapen, dat ik het voor mijn verjaardag vroeg én kreeg.
Vóór mijn elfde verjaardag had mijn moeder haar boekhoudkantoortje op zolder. Met kantoor en al is zij naar mijn oude slaapkamer op de eerste verdieping verhuisd.
Deze interne verhuizing was een heel gedoe. Vooral het schilderen van de zolder. De muren waren eerst roze. Je zult begrijpen dat deze – uiteraard! – overgeschilderd moesten worden. Ik wilde zwart. Mijn moeder vond zwart te donker en wilde wit. Uiteindelijk heeft mijn vader de hele zolder grijs geschilderd. Zwart met wit dus.
Vanuit mijn slaapkamerraam kan ik de hele buurt zien. Ook Maaike, mijn achterbuurmeisje ... Euh, niks gezegd ... Vergeet het! Mijn sneue liefdesleven zal niemand boeien. Dit verhaal bevat voldoende rampen.

Ander onderwerp ... Kan ik nog iets over mezelf vertellen? School? Over rampen gesproken ...
Naar school moet ik mezelf slepen. Het gaat ook niet uitzonderlijk geweldig. Dit schooljaar – voor de zoveelste keer – net niet blijven zitten. Ligt niet aan mij. Komt door onze problemen.
Na de zomervakantie zit ik in 5 havo. Eindelijk mijn laatste schooljaar. Als ik slaag ...
Mijn moeder denkt dat ik lui ben. Hoezo lui? Onzin! Alsof mijn slechte cijfers aan mijn zogenaamde luiheid liggen ... Ik moet altijd meteen – onmiddellijk! – uit school thuiskomen om huiswerk te maken. ‘Niet rondhangen, Liam!’ ’s Avonds checkt mijn moeder of ik mijn huiswerk gedaan

heb. Hartverwarmend, dat vertrouwen van mijn moeder in mij …

Wat verder? Hobby's? Zeker vier keer per week ga ik buiten lopen. Rennen, sprinten, springen om mijn kop leeg te maken. Anders blijf ik maar sukkelig piekeren, over geld en over mijn afwezige vader. Na het rennen ben ik moe en kan ik slapen. Zoals vroeger na de voetbaltrainingen. Maar daar moest ik mee stoppen. Mijn ouders konden de contributie niet langer betalen. O, heb ik het weer over onze geldproblemen … Dadelijk kun je het niet meer volgen. Ik zal mijn verhaal stap voor stap proberen te vertellen.

Terug naar mijn hobby's. Raar misschien, maar ik vind het leuk om hout te bewerken. Snijden in een stuk hout. Dan maak ik bijvoorbeeld een houten lepel of een beeldje.
Rennen en houtsnijden doe ik alleen, maar eigenlijk ben ik niet graag alleen. Liever doe ik iets samen met mijn familie. Of trap ik een balletje met jongens uit de buurt. Of hang ik wat met ze rond. Dat hangen vind ik ook niet vervelend bij klasgenoten of anderen thuis. Meestal gamen of eten we dan. Mijn twee grootste hobby's ☺

Genoeg over mezelf verteld? Als ik wat vergeten ben, hoor je het later wel. Ik wil starten met mijn verhaal.
De ellende begon een paar jaar geleden. Toen ik als dertienjarige in 2 havo zat. Daarvoor was mijn leven normaler dan normaal. Nooit gedacht dat alles zomaar ineens – pats boem – overhoop gehaald kon worden …

Laatste normale zomervakantie

Waarschijnlijk is het handig om eerst iets te vertellen over mijn vroegere – normale – leven. Dan vat je beter hoe extreem alles veranderde toen die emmer vol rampen over ons uitgestort werd.
Vroeger was mijn leven normaal, niet perfect. Volgens mij is niemands leven perfect. Vóór de rampen had ik bijvoorbeeld weleens ruzie (meestal met mijn moeder) of was ik weleens ziek. Dingen die op het moment zelf *shit* zijn, maar die je twee weken later straal vergeten bent.

In die laatste normale periode – de zomervakantie voordat ik aan 2 havo begon – gingen we op vakantie naar de Côte d'Azur. Met de auto reden we naar Zuid-Frankrijk. Ouders voorin, kinderen en Woef achterin en de caravan achter de auto. Het was een hele leuke zomervakantie. Gewoon relaxed met z'n vijfjes, zonder gehaast of gestress over school of werk. Lekker plonzen in het campingzwembad, voetballen of dingen in de omgeving bekijken. Ik had toen – serieus! – niet kunnen bedenken dat het onze laatste kampeervakantie zou zijn. We gingen namelijk altijd in de meivakantie én in de zomervakantie met de caravan weg. Het was geen discussie óf we op vakantie gingen, maar waarheen we gingen.

Na drie weken Frankrijk kwamen we megabruin thuis. Ik had – logisch – langer willen wegblijven. Kon niet, mijn vader moest weer naar zijn werk. Hij werkte bij een groot architectenbureau in Utrecht. Na zijn mts-opleiding is hij daar gaan werken als technisch tekenaar.

Mijn pa verwachtte een geldbonus van zijn baas. Een beloning voor 'twintig trouwe dienstjaren'. Mijn moeder wist precies wat we van dat geld zouden gaan kopen: een nieuwe bank. Die hadden we hard nodig. (Nog steeds trouwens.) Mijn veel te dikke tante Aafke had de bank volledig de vernieling in geholpen tijdens een verjaardag. Mijn moeders zus deed – dronken – iets te enthousiast een galopperend paard na. (De grote vraag is hier: waarom?) Voor onze arme, oude bank was Aafkes actie de genadeslag. Hij zakte in één klap door. Tante Aafke merkte het niet eens! Straalbezopen. Ze weet nog altijd niet dat zij onze bank verwoest heeft. Van mijn moeder mogen we het haar niet vertellen. Zij wil 'Aafke niet onzeker maken over haar uiterlijk'. Alsof Aafke zelf niet doorheeft dat ze veel te dik is …

Whatever, mijn pa was dus technisch tekenaar. Zal proberen uit te leggen wat hij als technisch tekenaar deed. Vijf dagen per week zat hij in een gigantisch glazen kantoor. Achter een groot computerscherm werkte hij de plannen uit van een van de architecten. Zo'n architect kwam dan bij hem met een vaag kladje voor een nieuw gebouw. Mijn vader moest dat vage kladje uitwerken tot een fatsoenlijk gebouw. Met een goede fundering, ramen, deuren en alle andere dingen die een gebouw nodig heeft. Was mijn pa eindelijk klaar, veranderde de architect 'het ontwerp'. Wilde hij de ramen bijvoorbeeld ineens op een heel andere plek hebben. En raad eens wie – na werktijd – die ramen op een andere plek mocht zetten? Juist, mijn pa. Op deze dagen kwam hij superlaat en pisnijdig thuis. 'De enige goeie architecten zijn dooie architecten!' riep hij dan. Waarna hij – stil – een biertje pakte.

Mijn moeder begon dan meestal over zijn overuren. Zij vond dat, als mijn vader meer uren werkte, hij ook meer geld of extra vakantiedagen moest krijgen. Helemaal mee eens. Hij werkte tenslotte in zijn eigen – onze! – vrije tijd. Op mijn vaders werk deden ze daar alleen niet aan. Iemand die 'hart voor de zaak' had, zeurde niet. En zeker niet over 'onbenullige zaken als geld of vrije tijd'.

Mijn vader heeft altijd – braaf – gedaan wat ze vroegen en nooit ergens over gezeurd. Slap? Ik weet het niet. Vreselijk vriendelijk was zijn baas niet. Na een lange avond overwerken, stapte een collega eens naar de baas om te klagen over zijn overuren. Deze technisch tekenaar kreeg het volgende 'subtiele' antwoord: 'Als het je niet aanstaat, rot je maar op!' En wie werd er een tijdje later ontslagen? Inderdaad – die klager. Oneerlijk? Zeker. Toch was ik stiekem blij dat mijn brave vader er niet uitvloog.

Terwijl mijn pa naar zijn 'gezellige' werk ging, hadden mijn moeder, Anouk en ik nog drie weken vakantie. Alle schoolvakanties gaf mijn moeder zichzelf vrij. Mijn zusje en ik hadden nooit last van haar geliefde boekhoudwerk. Mijn moeder veranderde pas in een boekhouder als wij op school zaten, onszelf bezighielden of in bed lagen.

Mijn ma verdiende geld door te doen wat ze graag wilde. En wij hadden een moeder die tijd voor ons en het huishouden had. Perfect geregeld.

Zonder reclame voor zichzelf te maken, had mijn moeder altijd werk zat. Bekenden verwezen nieuwe klanten door naar mijn moeder. Het was geen enkel probleem als er eens een klant wegging, want er kwam wel weer een nieuwe voor in de plaats.

Net voor de zomervakantie waren er in één week drie klanten bij haar weggegaan. Mijn moeder maakte zich daar niet druk om. Dat gat zou snel opgevuld worden met de bonnetjes van nieuwe klanten.

Vaak denk ik terug aan die zomer. Een zomer zonder zorgen. Mijn moeder was de hele tijd vrolijk. Herstel: *bijna* de hele tijd. In de Efteling niet … Hahaha. Daar was ze *absoluut* niet vrolijk. Zelfs het treintje vond ze doodeng. Dat miezerbaantje! Hahaha. Ze krijste van angst. Serieus! Mijn ieniemieniezusje – net 9 jaar – viel halverwege de rit in slaap! Hahaha …

Oké, mijn moeder was *bijna* de hele vakantie vrolijk. Mijn vader ook. Meestal was hij 's avonds op tijd thuis om met ons te voetballen, te badmintonnen of iets anders leuks te doen.

Zelfs Anouk was die zomer minder irritant. Haar betweterigheid leek ook wel vakantie te hebben.

Met mijn vriend Marco heb ik die zomervakantie superveel lol gehad. Bij hem op het erf konden we zowat alles doen wat we wilden. Omdat ze meer ruimte hadden en omdat Marco's ouders een stuk minder moeilijk deden dan mijn ouders (mijn moeder dus). Zijn ouders vonden haast alles goed. Zij waren niet overdreven bang voor botbreuken of moddervlekken op onze kleren. Marco en ik sprongen over sloten, schoten met de luchtbuks op blikjes en – onze favoriet – crosten met de quad door de modder. Kicken! Dat ik op een quad reed, mochten mijn ouders absoluut niet weten. Mijn moeder zou gelijk de politie gebeld hebben. Een kind van 13 op een quad! Ongehoord!

Als ik modderig van Marco thuiskwam, dan schudde mijn moeder haar hoofd, zuchtte diep en mopperde: 'Jongens – het blijven smeerpoetsen!' En dan moest ze mijn kleren 'onmiddellijk in een sopje zetten', anders kreeg ze 'de vlekken er nooit uit'. Zodra mijn kleren in het sopje zaten, kwam de vraag wat ik 'in vredesnaam in de modder uitgespookt' had? Voor ze de 'moddervraag' kon stellen, probeerde ik naar mijn zolder te vluchten. Hoefde ik niet te liegen.

Marco en ik besloten dat het nieuwe schooljaar spectaculair zou worden. En ook dat we al die 'superinteressante' toetsen zouden overleven. Marco was daar iets minder zeker van dan ik. Hij heeft namelijk ADHD, en dan kun je je niet zo goed concentreren. De brugklas had hij maar amper overleefd. Ik beloofde hem te helpen. Niet alleen voor hem, ook voor mezelf. Vanaf groep 1 van de basisschool waren Marco en ik beste vrienden. We hadden altijd bij elkaar in de klas gezeten. Een paar achterlijke toetsen zouden daar geen eind aan maken!

Money

Hoe wordt een schooljaar spectaculair? Om te beginnen moet je een verpletterende entree maken, besloten Marco en ik. Op onze eerste dag in de tweede moesten we ervoor zorgen dat iedereen ons leerde kennen. Wij wisten precies hoe dat zou lukken: door op de quad naar school te gaan!

Ik vertrok zogenaamd met de fiets naar school. Drie straten verderop verstopte ik mijn fiets tussen de struiken en wachtte op Marco plus quad. Toen Marco kwam aanrijden, sprong ik achterop. Stoer kijkend, crosten we naar school. Onderweg haalden we wat klasgenoten in. Zij joelden en zwaaiden. Wij voelden ons nóg stoerder.

Met ronkende motor reden we het schoolterrein op. Er begonnen kinderen te klappen. Wij hadden ons nog nooit zó stoer gevoeld.

Marco zette de motor uit en de halve school kwam om ons heen staan. Iedereen wijzen en kijken. Wij cool terugkijken. Ja, stoerdere gasten dan wij bestonden er niet ...

En toen ging de bel. Langzaam druppelde iedereen naar binnen. Ik wilde afstappen om ook naar binnen te gaan, maar Marco hield me tegen. 'Zeg, Liam,' vroeg hij, 'waar moet de quad blijven als wij binnen zitten?' Geen idee. Hier hadden we niet over nagedacht ... We hoefden er ook niet over na te denken, want op dat moment kwam Marco's vader op ons aflopen. Een hele boze versie van Marco's vader. Een van de conciërges had hem gebeld, en hij was gekomen om ons te vragen of we 'gek geworden' waren. Hij zorgde ervoor dat de quad terug naar de boerde-

rij ging, en wij konden die middag terug naar mijn verstopte fiets lopen. Een stuk minder stoer.
Natuurlijk deden Marco en ik op school alsof we nooit betrapt waren. Alsof we dagelijks met de quad door Culemborg toerden. Alleen heb ik na onze verpletterende entree op die eerste schooldag nooit meer op een quad gezeten. De quad ging 'achter slot en grendel' tot onze 'hersens gegroeid' waren. Erger had Marco's vader ons niet kunnen straffen. Hoewel ... Hij had het aan mijn moeder kunnen vertellen ... Pfff, blij dat hij dat nooit gedaan heeft.

Die eerste schoolweken waren goed te doen. De lessen en zo liet ik maar een beetje langs me heengaan. In mijn hoofd zat ik vooral bij Maaike. Begin ik alweer over Maaike, terwijl ik iets anders wilde zeggen ...
Oké, oké, later in mijn verhaal moet ik je toch over Maaike vertellen. Dan kan ik haar beter nu al kort aan je voorstellen. Maar het is ... euh ... persoonlijk. Begrijp je?
Net na de zomervakantie verhuisde Maaike met haar ouders naar het huis achter ons huis. Onze achtertuinen liggen tegen elkaar aan. Marco en ik zagen haar uit de verhuiswagen stappen. Onze monden vielen open. Zo'n knap meisje in onze stad! Een meisje als Maaike zie je misschien in een Hollywoodfilm, niet zomaar live in Culemborg.
Betoverd keken we naar haar. Na een tijdje liep Marco – zonder nadenken (overkomt hem wel vaker) – op haar af en begon een gesprekje. Deze – sprakeloze – held bleef 'hoogst elegant' op de stoep staan staren.
Van Marco hoorde ik haar naam en leeftijd. Zij was 15. Helaas, helaas ... Meisjes van vijftien zijn niet geïnteresseerd in jongens van dertien. Ik wist het, maar bleef haar bespieden vanuit mijn zolderraam of onze achtertuin. Man, wat ziet ze er geweldig uit in bikini! O ... Ik vertel weer

veel te veel. Weet zelf ook wel dat het niet bijzonder netjes is om naar meisjes in bikini te gluren. Je moet me geloven, ik ben geen vunzige gluurbuur. Ik was verliefd op haar. Eigenlijk nog steeds …

Praten over dit soort gevoelens is niet helemaal mijn ding. Het onderwerp Maaike sluit ik daarom even af. Terug naar onze vette crisis. Die begon bij mijn moeders boekhoudtoko.
In september verloor mijn moeder opnieuw twee klanten. En er kwamen geen nieuwe klanten bij ... In de hele maand september geen enkele nieuwe klant. Niet één!
Voor de eerste keer in haar leven als boekhouder ging mijn moeder proberen om 'actief cliënten te werven'.
'Hoe dan?' vroeg ik aan mijn moeder.
Mijn moeder: 'Eigenlijk wilde ik een advertentie plaatsen, maar ik schrok van de prijzen. Daarom heb ik besloten zelf een reclamefolder te maken en te verspreiden. Je tante gaat me helpen met de tekst en met de foto.'
'Welke foto?' wilde ik weten.
Mijn moeder: 'Een portretfoto van mij voor op de folder. Aafke gaat deze maken.'
'Zodat iedereen gelijk kan zien hoe aardig en professioneel je bent?' grijnsde ik.
'Ja, zoiets, ja', lachte mijn moeder.
De folder werd in elkaar geflanst. Deze folder stuurde mijn moeder naar alle bedrijven in de buurt waar ze haar boekhoudkundige hulp misschien eventueel zouden kunnen gebruiken. Wéken was ze ermee bezig: bedrijven uitzoeken, folders printen, alles in enveloppen doen, postzegels plakken, naar de brievenbus lopen. Vermoeiend.

Tot aan mijn moeders folderactie beschouwde ik mijn moeders werk vooral als een soort hobby. Leuk voor haar. Geen flauw benul hoe belangrijk haar 'hobby' voor ons allemaal was. Hoe had ik het ook kunnen weten? Zeg nou zelf, ouders vertellen toch nooit de belangrijke dingen?
Door die folderactie begreep ik dat mijn moeder niet voor de fun nieuwe klanten wilde. Je stuurt je reclamefolder tenslotte niet voor de grap naar honderden bedrijven. Mijn moeder had keihard nieuwe klanten nodig. Voor het geld. Ons geld.
Ik vroeg aan mijn moeder of we een probleem hadden. Ze probeerde me gerust te stellen: 'Mijn bedrijfje heeft last van een klein dipje, Liam. Sommige cliënten denken dat Money hen beter kan helpen. Dat is zo'n jong, hip bedrijf. Sinds juni hebben ze een filiaal in Culemborg. Veel van mijn oude cliënten zijn overgestapt naar dat "flitsende" Amerikaanse bedrijf. Over een paar maanden, een halfjaartje hooguit, komen ze vast terug. Ik heb ze altijd fatsoenlijk behandeld. En ik lever degelijk werk. Tot die tijd zal ik wat reclame moeten maken, wat meer mijn best moeten doen om nieuwe cliënten te krijgen.' Ik wilde haar graag geloven.

De weken na die reclameactie keek mijn moeder iedere vijf minuten op haar telefoon. 'Misschien heeft er iemand gereageerd. Even checken.' Het bleef stil. Doodstil.
Na twee weken kreeg ze – eindelijk – een mailtje van een onbekende man, met de vraag of ze wilde afspreken. Enthousiast belde ze de man op en nodigde hem uit voor een lunch in een duur restaurant. Ze deed haar beste mantelpakje aan en ging – vol verwachting – op stap om met die vent te gaan lunchen. Kansloos ... De man had helemaal geen werk voor mijn moeder. Nee, hij wilde bij mijn

moeder komen werken als *stagiair*. Ja, doei! Gast, ga iemand anders vervelen!
Na een maand wisten we het zeker: het was een hopeloze actie geweest. Al dat werk voor niks. Tegen ons zei mijn moeder: 'Ach ja, nou weten we zeker dat reclame maken voor jezelf niet werkt.' Ze keek er vet zielig bij.

Ik vond het sneu voor mijn moeder. Logisch. Maar ik was vooral kwaad. Kwaad op Money. Zo'n groot veelvraatbedrijf dat de klanten van kleine bedrijfjes opslokt. Money zou mijn moeders bedrijfje niet kapotmaken! Die nieuwe klanten zou ze krijgen, en ík zou daarvoor zorgen! Alles zou weer worden zoals het was voordat Money in onze stad verscheen.
Samen met Marco verzon ik een 'sluwe list'. We jatten de reclamefolder en namen hem mee naar school. Daar kopieerden we hem 300 keer. Het kostte 30 euro! Al het zakgeld dat ik had …
Met de gekopieerde folders fietsten we naar mijn wijk. Huis na huis gooiden we folders door brievenbussen. We sloegen geen enkele woning over. Ook niet als er zo'n Nee-sticker op de brievenbus zat. Volgens Marco woonden in die huizen de rijkere mensen. Want als je niet geïnteresseerd bent in aanbiedingen, dan ben je rijk. En wie hadden wij nodig? Juist – rijke mensen! Was niet het slimste idee *ever* van Marco …

Gelijk diezelfde avond kreeg mijn moeder een boos telefoontje van een Nee-sticker-meneer. Hij brulde: 'Ik heb een Nee-sticker! Ik hoef uw troep niet!' Mijn moeder snapte er geen snars van.
Ik had mijn verrassing geheim willen houden. Wachten tot de nieuwe klanten zich meldden. *Surprise*! *Surprise*! Die gil-

lende Nee-sticker-meneer had mijn verrassing bedorven. Ik vertelde mijn moeder over onze actie.
'Wat lief, Liam!' juichte mijn moeder. 'Marco en jij hebben me voortreffelijk geholpen! Bedankt! Je bent een kanjer!' Ik trots stralen.
Na ongeveer een week belde er een oud vrouwtje op. Of mijn moeder haar belastingaangifte wilde doen. Jazeker! Mijn moeder doet nog steeds de belastingaangiftes van deze stokoude mevrouw.
Missie een heel klein beetje geslaagd.

Deze 'kanjer' had dan wel gezorgd voor een nieuwe klant, maar mijn moeder had meer nieuwe klanten nodig om als boekhouder fatsoenlijk aan het werk te kunnen blijven. Na de kerst begon mijn moeders klantenzoektocht serieuzere vormen aan te nemen. Vertel ik later. Eerst een update over mijn vaders geldbonus en onze krakbank.
Braaf wachtte mijn vader twee maanden. Geen geldbonus. Dus ook geen nieuwe bank. Wij werden een beetje ongeduldig van dat brave wachten. Waar bleef dat extra geld voor onze nieuwe bank? Kon mijn vader het niet aan iemand gaan vragen of zo?
Gefrustreerd verdiepte mijn moeder zich in mijn vaders cao (werkafspraken en zo). Wat bleek? Hij kreeg na 'twintig trouwe dienstjaren' helemaal geen bonus! Pas na vijfentwintig jaar ... Mijn pa had het verkeerd begrepen. Domper! Die nieuwe bank moest dan maar met spaargeld betaald worden. Vond ik. Mijn moeder was het niet met me eens.
'Het is geen geschikte tijd voor dure aankopen, Liam.' Ze pakte een oude bloemetjesdeken uit de kast, gooide hem over de verzakte bank en riep overdreven vrolijk: 'Kijk, zo goed als nieuw!'

Om je kapot te schamen, onze bank. Ga je erop zitten – boink! – gelijk een halve meter dichter bij de grond. Wij zijn het ondertussen gewend. Andere mensen niet. Als jij op onze bank gaat zitten, schrik je je een ongeluk.
En de oorzaak van de verzakking – Aafke – heeft niet eens door hoever de bank naar beneden knalt. Zij verrekt geen spier als ze op onze krakbank gaat zitten. Vind je dat niet vreemd?

Marco

Joke – de opschrijver van mijn 'meesterwerk' – vraagt naar Marco. Zij wil weten waarom ik mijn verhaal aan jou en niet aan mijn beste vriend vertel.
'Jullie deden toch alles samen?' vraagt ze. Klopt, we *deden* alles samen. Wij vertelden elkaar ook alles. Zelfs de gênantste dingen. Tot Marco ...
Dit is zwaar ... eh ... bagger. Maar ik zal het uitleggen.

Begin oktober hoorden we bij geschiedenis dat we na de herfstvakantie een presentatie moesten geven. Minstens tien minuten babbelen over de geschiedenis van een land naar keuze. Ik koos Frankrijk. Lekker *easy*. Kon ik snel met wat vakantiefoto's van oude kastelen en andere oude resten een spreekbeurt in elkaar flansen.
Marco koos Canada. Vroeg me af waarom. Marco kende alleen Nederland. Hij was nooit buiten de Nederlandse grenzen geweest. Omdat zijn ouders koeien hebben, kunnen ze bijna nooit van de boerderij weg. Op vakantie gaan, deden ze al helemaal niet. Iemand een week of drie op je koeien laten passen, is namelijk gruwelijk duur. Marco was dus niet bepaald een doorgewinterde wereldreiziger.

Ik raadde Marco aan om zijn geschiedenissessie over Nederland te houden. Nederland was tenslotte het land waar hij het meest van afwist. 'Misschien niet zo'n spannend of boeiend land, maar *who cares*? Je hebt toch geen zin om úren bezig te zijn met een land waar je nooit geweest bent en nooit zult komen?' vroeg ik.

Marco haalde zijn schouders op. Mijn logica negeerde hij. Hij wilde zich per se in Canada 'verdiepen'. Als een bezetene werkte hij aan zijn Canadapresentatie. Ik snapte het niet. Marco was nooit langer dan één dag ergens mee bezig. Door zijn ADHD had hij normaal altijd veel nieuwe ideeën – lol – die hij zelf vergat als hij weer andere ideeën kreeg. Dat was Marco.
Dit leek een andere Marco. Na twee weken werkte hij nog steeds – elke dag! – aan die Canada-ellende. Ik baalde. Vooral omdat hij nauwelijks tijd voor mij had. Hij had alleen aandacht voor die achterlijke presentatie. Ziek! Zelfs voor iemand zonder ADHD zou dit gedrag abnormaal zijn.

Op een ochtend in de herfstvakantie werd ik wakker met een helder inzicht: het is te moeilijk voor Marco. Hij wil niet falen en is daarom zo'n mega-uitslover geworden. Heb me haastig aangekleed en ben op mijn fiets gesprongen. Ik ging mijn vriend helpen! Samen rammelden we die presentatie zo in elkaar. Daarna konden we terug naar de *chill*-stand.
Ik scheurde het erf op, geen tijd te verliezen. Marco's moeder stond buiten de was op te hangen. Ze zwaaide toen ze me zag. 'Hallo, Liam! Goed je te zien. Marco is boven. Hij werkt aan zijn presentatie over Canada.' Zucht ... 'Wat is hij vlijtig bezig, hè?' voegde ze er stralend aan toe. 'We zijn apetrots op Marco.'
Nou, ik niet. Die waanzin moest stoppen!
Ik rende naar boven en gooide zijn kamerdeur open. Marco zat inderdaad in een vakantieboekje over Canada te turen. Hij schrok. Keek ik niet van op. Dacht dat hij schrok, omdat ik plotseling binnenstormde. Vlug veegde Marco zijn bureau leeg en gooide alle boekjes en papieren in zijn kledingkast. Marco's standaard 'opruimmethode'.

'Zullen we de boomgaard hiernaast gaan inspecteren?' vroeg Marco grijnzend. 'Kijken hoe de appels van boer Zuurpruim smaken?' In één klap waren alle goede voornemens om Marco te helpen uit mijn hoofd verdwenen. Appels jatten was duizend keer leuker dan geschiedenisfeitjes over Canada bij elkaar sprokkelen. We gingen naar buiten en hadden een topdag.

Tot de dag van de presentatie werkte Marco elke dag aan zijn favoriete Canada. Ik zeurde er niet over. Als Marco zo nodig een uitslover wilde worden, dan moest-ie het zelf maar weten. Ik had er geen last meer van. Want als ik kwam, verdween de hele zooi in de kast en was Marco weer gewoon Marco. Of toch niet helemaal ... Hij leek wat stiller dan normaal. Maar veel stress kreeg ik daar niet van. Iedereen is weleens wat stiller dan normaal.

Op de eerste donderdag na de herfstvakantie was het zover: Marco 'mocht' voor de klas. Vertellen over zijn Canada. Met een knalrood hoofd liep hij naar voren. Ik had medelijden met hem. Praten voor ongeïnteresseerd gapende klasgenoten is niet bepaald Marco's ding. Zet Marco voor een klas, en hij verandert in een afgrijselijke zenuwpees met knikkende knieën.
Met een knalrood hoofd probeerde Marco zijn PowerPoint op te starten. Lukte voor geen meter. Een paar kinderen begonnen te lachen. Na minutenlang geklungel, zette hij per ongeluk Netflix aan. Bijna de hele klas lachte. Marco werd nog roder. Bijna paars. Gauw liep ik naar voren om hem te helpen. En om Nigel – stiekem – een keiharde trap te geven. Die idioot zat Marco's geklungel te filmen!

Toen zijn PowerPoint – eindelijk – zichtbaar was, begon Marco te praten. Alleen kon niemand hem verstaan. Hij stond – hoofd omlaag – tegen zijn schoenen te mompelen. Meneer Grijs, onze geschiedenisleraar, zei dat Marco harder moest praten. Geen effect. Waarschijnlijk omdat hij geen megafoon had om bij Marco's mompelende mond te houden, ging meneer Grijs over tot een andere aanpak. Hij ging Marco vragen over Canada stellen. In de hoop, denk ik, dat Marco dan iets verstaanbaarder zou worden. Marco leek het prima te vinden. Zelfs een onvoldoende had hij op dat moment vast prima gevonden.

Meneer Grijs' eerste vraag vond ik – in eerste instantie – geniaal. Hij vroeg waarom Marco Canada gekozen had. Ja, waarom Canada? Waarom moeilijk doen als het makkelijk kan?

Marco's antwoord kwam niet meteen. Eerst moest hij zijn nagels aan een grondige keuring onderwerpen. Na deze nauwkeurige inspectie kwam 'het' zijn mond uit. Zonder waarschuwing vooraf. Ik vatte het niet gelijk. Wist 100 procent zeker dat ik het verkeerd verstaan had.

Ook meneer Grijs keek een beetje verward. Hij stelde de vraag opnieuw: 'Marco, waarom heb je voor Canada gekozen?'

Marco werd kwaad. (Kan hij zomaar ineens worden.) Hard gilde hij door de klas: 'Omdat ik daar ga wonen!'

Marco moest met meneer Grijs mee naar de gang 'voor een goed gesprek'. Ondertussen werd ik gek. Wat bedoelde Marco met 'omdat ik daar ga wonen'? En waarom wist ík hier niks van? Wij vertelden elkaar altijd alles. Echt álles!

Ondertussen stond die idioot van een Nigel voor de klas – 'uiterst grappig' – een tegen zijn voeten mompelende Marco na te doen. Geen slechte imitatie, dat niet. Toch zou ik moeten ingrijpen. Voor Marco. Maar ik deed niks. Het lukte me niet om in actie te komen. Als een soort standbeeld zat ik neurotisch voor me uit te staren.

Na een minuut of vijf deed meneer Grijs de deur van het klaslokaal open. Nigel wist niet hoe snel hij weer op zijn stoel moest gaan zitten.
Marco schuifelde achter meneer Grijs aan naar binnen. Hij had gehuild. Ik had geen medelijden. Eerlijk gezegd kon ik zelf ook wel janken. Voelde me verraden. Verraden door mijn beste vriend.
Met een sneu gezicht plofte Marco op de stoel naast me. Ik kon me niet langer inhouden en riep: 'Wat nou wonen? Wat bedoel je daar nou mee?'
Meneer Grijs vond me 'te lawaaiig'. Ik kreeg een eerste waarschuwing.
Marco keek me superdepressief aan en zei: 'Het spijt me. Ik kon het je niet vertellen. Het lukte me niet.'
'Waarom niet?' wilde ik weten.
Plots leek meneer Grijs menselijk te worden. 'Jongens,' zei hij bijna aardig, 'jullie mogen de klas eerder verlaten om jullie gesprek privé voort te zetten.'

Op een bankje in de aula probeerde Marco – hakkelend en stotterend – uit te leggen wat er aan de hand was. Na een tijdje luisteren, begreep ik zijn uitleg. Zijn ouders verdienden in Nederland niet meer genoeg met hun koeien. De kosten waren hoger dan de opbrengsten. Daardoor konden ze steeds moeilijker alle rekeningen betalen. Uiteindelijk zou Marco's familie moeten stoppen met hun boerenleven. In dat geval zouden ze naar een andere woning moeten verhuizen. Waarschijnlijk naar een rijtjeshuis of flat. 'Volgens mijn ouders is dat onmogelijk. Boeren kunnen niet in

een rijtjeshuis of een flat wonen', zei Marco. (Hoogst vreemde opmerking. Wat is er mis met een rijtjeshuis?)
In Canada zouden de opbrengsten hoger zijn dan de kosten. Koeien zijn koeien, zou je denken, maar door 'boervriendelijkere regeltjes' heb je het als koeienboer beter in Canada dan in Nederland. Onbelangrijk geneuzel! Wat hier belangrijk is, is dat Marco weg ging. Mijn vriend Marco ging aan de andere kant van een grote waterplas wonen. Wat moest ik zonder hem?

'Wil jij ook weg?' vroeg ik.
'Canada is een supergaaf land. Ik kan er vissen en wildkamperen en meer van die coole dingen', antwoordde Marco. 'Door die geschiedenispresentatie weet ik beter hoe het daaro is.' Was die mislukte Canada-ellende nog ergens goed voor geweest …
'Ik snap waarom mijn ouders willen verhuizen', ging Marco verder. 'Ze willen koeienboeren blijven, en dat lukt ze niet in Nederland. In Canada wel. Toch blijf ik liever hier wonen. Desnoods in een flat! In Canada ken ik niemand! Mijn Engels is een ramp!'
Marco begon te huilen. Midden in de aula! Normaal huilt hij nooit. Al valt hij met zijn neus – beng! – in het prikkeldraad, dan nog huilt hij niet. Ik begreep hierdoor dat hij megadown was door het hele gedoe. Ik begreep ook dat Marco er niks aan kon doen. Hij wilde niet weg. Zijn ouders beslisten het voor hem.
Heb Marco bij zijn arm gepakt en ben met hem naar buiten gelopen. Naar huis. Niet iedereen hoefde hem te zien huilen.
Buiten vroeg ik waarom hij een overzeese verhuizing voor mij – zijn beste vriend – geheimgehouden had. Marco: 'Man, jij bent juist het moeilijkste om achter te laten!' Zo

had ik het niet bekeken. Ik vond mezelf superzielig, omdat ik Marco moest missen. Maar dat had Marco ook. Erger, hij moest niet alleen mij missen, maar ook zijn familie, zijn school, zijn huis, zijn land, zijn alles. Voor hem werd het allemaal anders. Ik bleef in hetzelfde huis wonen, naar dezelfde school gaan, bij dezelfde club voetballen. Mijn leven bleef hetzelfde. Nou ja, zonder Marco dan ...

Een paar weken later stapte Marco voor het eerst van zijn leven in een vliegtuig. En vertrok definitief – met ouders, hond en drie katten – naar Verweggistan. Verschrikkelijk! Op Schiphol stond ik te grienen als een baby.
Natuurlijk hielden we contact. We sturen elkaar nog steeds berichten en zo. Toch is het anders. Oppervlakkiger. We praten wel, maar we zeggen minder.

Dit was Marco's vette crisis. Niet die van mijn familie. Maar het lag hoe dan ook aan dat rotgeld. Als Marco's ouders voldoende verdiend hadden in Nederland, was Marco nooit vertrokken. Dan gingen we vandaag misschien wel op de quad door de modder crossen. Of door mijn zolderraam Maaike bewonderen. Of gewoon samen wat rondhangen. En dan had ik mijn ongecensureerde verhaal niet aan jou, maar aan Marco verteld.

Netwerkmoeder

Zo'n goede vriend als Marco krijg ik waarschijnlijk nooit meer. Maar op de een of andere manier veranderde er minder dan ik gedacht had. Net als eerst, ging mijn leven zijn eigen saaie gangetje. School bleef school. Voetbal bleef voetbal. En mijn zusje bleef een irritante betweter.

Ik kreeg nieuwe vrienden op school. Hoefde ik niet alleen te staan in de pauzes. En ook na schooltijd was er altijd wel iemand met wie ik kon chillen.

Voor ik het wist, had ik kerstvakantie. Een vakantie waarin ik ontdekte dat mijn moeders boekhoudtoko officieel een probleem had.

'Aafke, het gaat niet goed. Mijn bedrijfje zit in zwaar weer', hoorde ik mijn moeder tegen haar zus zeggen. Nou, toen had ze mijn volledige aandacht! Gelijk vroeg ik wat er loos was.

'Ach, Liam, maak je geen zorgen', antwoordde mijn moeder. 'Ik heb alles onder controle.'

'Hoezo?' vroeg ik. 'Waarom zeg je dan tegen Aafke dat het niet goed gaat?'

'Op dit moment gaat het eventjes wat minder met mijn bedrijfje. Na die oudere dame, die gereageerd had op jouw lieve folderactie, is er geen enkele cliënt bij gekomen. Maar geen stress! De oplossing is simpel. Met een paar extra cliënten is de kwestie zo opgelost!' zei mijn moeder iets te vrolijk.

Maar één nieuwe klant in een halfjaar tijd ...

Rampzaliger: er waren drie klanten afgehaakt. Alweer! *Fail*!

Zestien boekhoudklanten hield mijn moeder over. Jij denkt misschien: zestien klanten, da's best veel. Als je een supergroot bedrijf als klant hebt, met duizenden werknemers, dan heb je inderdaad genoeg aan één bedrijf. Stel je voor dat je zestien van die grote klanten hebt ... De stoom komt uit je oren! Het aantal klanten zegt daarom niet zo veel. Het gaat vooral om het soort klanten.
Mijn moeder had – helaas – niet zo'n supergroot bedrijf als klant. Zij had vooral kleine zelfstandigen. Ze deed bijvoorbeeld de financiën van een klein kaaswinkeltje, niet van een kaasfabriek. Ze had een redelijk grote klant, die haar net voor de kerst dumpte via een kerstkaart. *Fijne feestdagen. Bedankt voor je inzet. Vanaf januari doen wij zaken met Money*, was hun 'feestelijke' boodschap.

Mijn moeder deed alsof ze 'alles onder controle' had. Mij hield ze niet voor de gek! Ik zag dat ze allesbehalve relaxed was. Ze stond stijf van de zenuwen.
Tijdens de kerstmaaltijd kwam alle frustratie naar buiten. Toen Anouk haar vieze vork op het kersttafellaken teruglegde, knapte er iets in mijn moeder. Mijn arme zusje kreeg de volle laag. Niet normaal! Mijn moeder was *out of control*. Gillen. Schreeuwen.
Stomverbaasd keek mijn vader naar mijn scheldende moeder. 'Schat, kalm aan, kalm aan', zei hij sussend. 'Waarom zo'n drukte om een piepklein vlekje? Die vlek gaat er in de wasmachine wel uit.'
'Die vlek wel!' krijste mijn moeder. 'Maar Money steelt al mijn klanten! 'Hoe kan ik winnen van zo'n kolossaal bedrijf?'
Mijn vader probeerde haar te troosten: 'Alles komt goed. Alles komt goed.'

Deze woorden maakte mijn moeder nog gefrustreerder. 'O, ja?' brulde ze. 'Hoe komt alles goed?'
'Gewoon,' stotterde mijn vader, 'rustig afwachten.'
Mijn moeder: 'Rustig afwachten? Rustig afwachten? Dacht je dat die cliënten vanzelf terugkwamen? Mijn zaak loopt leeg! Ik verdien te weinig! Binnenkort zullen we minder te besteden hebben!'
Ik moest slikken. Minder geld? Wat betekende dat? Zou ons leven daardoor veranderen? Die vragen stelde ik niet hardop. Mijn moeders gezicht stond op onweer. Dan kun je haar maar beter niet storen.

Het werd een 'gezellige' kersttijd ... Minimaal vijf keer per dag ontplofte mijn moeder. Er was niet veel nodig om haar tot ontploffing te brengen. Mijn vader, Anouk en ik slopen daarom op onze tenen door het huis. Doodsbang om iets te doen of te zeggen waardoor mijn licht ontvlambare moeder zou exploderen.
Aan het eind van de kerstvakantie verbeterde mijn moeders humeur gelukkig. Ze leek haar oude vertrouwde zelf teruggevonden te hebben. Plechtig verkondigde ze: 'Ik geef mijn bedrijfje een tweede kans.'
'Top! Ga je het pand van Money in brand steken?' wilde ik weten.
'Nee, natuurlijk niet, Liam!' antwoordde ze hoofdschuddend. 'Ik ga actief nieuwe cliënten binnenhalen. Ik ga netwerken!'
Weet jij wat netwerken is? Ik had er natuurlijk weleens van gehoord. Alleen wist ik niet precies wat het betekende. Algauw merkte ik wat dat betekende ...

Dat netwerken begon met het kopen van nieuwe kleren. (Alsof dat niks kost!) En in die nieuwe kleren was mijn

moeder extreem vaak weg. Naar 'netwerkbijeenkomsten'. Anouk en mij liet ze aan ons lot over. Wij moesten zelf maar zien hoe we gevoederd werden of waar vermiste sportschoenen en sjaals gebleven waren.
Maar wat spookte mijn moeder uit tijdens die netwerkbijeenkomsten? Op een avond vroeg ik het haar.
'Ik ontmoet mensen die zelf ook op zoek zijn naar klanten', aldus mijn moeder.
'Je probeert dus mensen als klant te krijgen die juist jou als klant willen', concludeerde ik.
Volgens mijn moeder werkte 'het netwerken' niet op die manier. (Nee, je hoeft niet hoogbegaafd te zijn om te zien dat dit totaal onlogisch is ...) Mijn moeder: 'Het gaat in principe als volgt: jij helpt andere mensen aan klanten en als tegenprestatie helpen zij jou met het vinden van nieuwe klanten.'
Ik: 'Kun je niet beter meteen je eigen klanten zoeken?'
'Nee, Liam,' kreeg ik te horen, 'netwerken is dé oplossing!'
Jaja, helder ...

Helder of niet, mijn ma beet zich helemaal vast in dat netwerken. Mama *the pitbull.* Alsof haar genetwerk het enige ter wereld was wat ons kon redden.
Eén keer per week ging ze zelfs *ontbijten* met een club klantzoekers. Ze moest ruim 1000 euro(!) neerleggen om met die andere 'zoekers' te mogen ontbijten. Absurd!
Nog absurder: Anouk en ik zaten één ochtend in de week zonder ouders. Mijn vader ging altijd al vroeg, rond zeven uur, de deur uit. Ík kon dus voor alles zorgen. In m'n eentje. Pure marteling!
Heb jij ooit 's ochtends vroeg staartjes in het haar van je negenjarige zusje gemaakt? Afgrijselijk! Ik mijn stinkende best doen, zij gillen: 'Je trekt te hard! Au, au! Mama doet

me nooit pijn.' Of: 'Bij mama ziet het er mooier uit.' Een ideaal begin van de dag ...
Ik was net 14 geworden en moest het maar zien te redden met dat krijskind. Anouk luisterde voor geen meter naar mij. Om me te treiteren, trok ze pas om acht uur haar pyjama uit en haar kleren aan. Wonder boven wonder kwamen we nooit – geen enkele keer! – te laat op school. Een indrukwekkende prestatie, dat wel, maar ik werd er kapotmoe van.

Drie maanden later waren we uitgeput én armer. Mijn moeders genetwerk kostte afschuwelijk veel geld. En dan heb ik het niet alleen over die 1000 euro voor haar ontbijtclub en haar spiksplinternieuwe garderobe. De kosten waren hoger. Een stuk hoger. Bijvoorbeeld door al die autoritjes, hapjes, drankjes en bezoekjes aan de kapper.
Jij denkt nu vast: oké, maar wat leverde het op? Stonden er lange rijen enthousiaste klanten voor de deur te trappelen van ongeduld? Niet echt.
Moet eerlijk blijven, het was geen compleet drama. Door haar genetwerk, kreeg mijn moeder er wat nieuwe klanten bij. Zes stuks. Mijn opofferingen waren niet helemaal voor niks geweest.
Toch waren die zes nieuwe klanten niet genoeg. Ondertussen waren er *alweer* twee oude klanten afgehaakt. Weggelokt door Money.
Dat netwerken leverde mijn moeder dus inderdaad nieuwe klanten op. Maar het woog niet op tegen de kosten en de opofferingen. Een behoorlijk verrotte situatie. Wat moest mijn moeder doen? Chagrijnig worden? Haar frustratie op ons afreageren?

Dit keer bleef mijn moeder kalm. Binnen twee weken bedacht ze een oplossing. Mijn pa jubelde: 'Wat ben je slim! Ik wist wel dat je eruit zou komen.' Lichtelijk overdreven. Ik hield me cool. Stiekem was ik onder de indruk. Best knap om zo *smooth* uit die verrotte situatie te komen.
Nieuwsgierig naar haar oplossing? Mijn moeder stopte met bijna alle netwerkbijeenkomsten. Eén netwerkclub bleef ze bezoeken. Dit netwerk van klantzoekers had haar namelijk vier nieuwe klanten opgeleverd en ze vond het 'een erg leuke groep mensen'. *No problem*, die club kwam maar één keer per maand samen om 'te borrelen'. Daar kwamen we wel overheen!
Verder ging ze zich verdiepen in LinkedIn, Twitter, Instagram, Facebook en andere online sociale netwerken. Goedkopere netwerkmanieren zonder continu weg van huis te zijn. Klasse!
Je had haar in het begin moeten zien stuntelen achter haar laptopje! Om je te bescheuren! 'Liam, wat betekent RT?' 'Liam, hoe krijg ik deze foto dáár op het scherm?' 'Liam, kan ik zomaar onbekende mensen gaan volgen?' Bejaarden en internet ... Een onmogelijke combinatie.

Ik vond mijn moeders online netwerkplannen helemaal oké. Maar verdiende ze wel genoeg met haar boekhoudtoko? Of moesten we bezuinigen? En zo ja, waarop? Op de leuke dingen? Op *mijn* dingen? Ik tegen mijn moeder: '*Right*, maar hoe zit het met het geld? Moeten we nu bezuinigen of niet?'
'Bezuinigingen zijn nergens voor nodig!' zei mijn moeder opgewekt. 'Mijn plan heeft een deel 2! Ik trakteer mezelf op een extra baantje. Bij Anouk op school – jouw oude basisschool – ga ik in de naschoolse opvang helpen. Morgen kan ik beginnen!'

'Waarom zou je opvangjuf willen worden?' vroeg ik. 'Waarom op kleine ettertjes van andere mensen passen, terwijl Anouk hier thuis zit?'
'Anouk blijft 's middags bij mij', antwoordde mijn moeder. 'Zo verdien ik wat geld en ben ik er ook voor haar. Kom jij na school naar ons? Dan zijn we gezellig samen.'
Ik: 'Gezellig samen? Met tig rondspringende kleuters? Nee, dank je. In mijn hele basisschoolcarrière heb ik nooit naar de naschoolse opvang gehoeven. Heb weinig zin om dat alsnog in te halen.'

Mijn moeder kreeg het een tikkeltje drukker. Tijdens Anouks schooltijden hing ze de boekhouder uit, na schooltijd was ze 'juf' en 's avonds en in het weekend had ze haar online genetwerk en het huishouden.
Toen oma vroeg of het niet te druk voor haar was, zei mijn moeder optimistisch: 'Het is allemaal maar tijdelijk, mam. Over een poosje heb ik voldoende cliënten en wordt alles weer als vanouds.' Ik hoopte het voor haar, want de wallen onder haar ogen werden er niet kleiner op. Dit kon ze geen maanden blijven volhouden.
Ik besloot mijn moeder te helpen met haar internet-netwerk-pogingen, om haar zo snel mogelijk aan voldoende klanten te helpen. Zodat ze kon stoppen met die oppasnonsens.

Even kijken … In mijn verhaal zitten we nu in de lente. Op school moest ik ietwat harder gaan werken. Wilde niet blijven zitten. Ik zal je niet vervelen met die onzin. Dit is tenslotte geen schoolstress-verhaaltje.
Voor de rest gebeurde er weinig spannends in mijn leven. Behalve dan die ene ontmoeting. Met Maaike …

Ergens in april kwam ik Maaike tegen in de supermarkt. Stond ze ineens achter me bij de kassa. Mijn hoofd kleurde signaalrood en mijn hart sloeg op hol. Wat moest ik doen? Haar aanspreken? Mijn hersenen konden niet langer zelfstandig nadenken. Daarom staarde ik maar zo'n beetje – zo stoer mogelijk – naar de boodschappen op de lopende band.

Na een paar minuten staren, was ik aan de beurt bij de kassa. Maar plotseling voelde ik iets op mijn schouder. Maaikes vinger! Ze tikte op mijn schouder! Ze raakte me aan! 'Hé, ben jij niet mijn achterbuurjongen? Liam, toch?' vroeg ze. Ze wist wie ik was! Ze kende mijn naam! Mijn hoofd en hart sloegen nu volledig op hol.

'Ja' was het enige woord dat ergens diep uit mijn keel kwam. Daarna smeet ik vlug de boodschappen in de tas, rekende af en racete ervandoor.

Besteedde Maaike – eindelijk – aandacht aan me, reageerde ik als een idioot! Kreeg ik een kans, verpestte ik het! *Big time*! Argh!

Wekenlang bedacht ik wat ik tegen haar had moeten zeggen, en wat er dan misschien gebeurd was ... Wekenlang was ik kwaad op mezelf.

Zou ik ooit nog zo'n kans krijgen?

Vreemde meivakantie

Waar zouden we deze meivakantie heengaan? Ik vertelde al eerder dat we iedere meivakantie gingen kamperen. Met de caravan op stap. Meestal bleven we in Nederland. Soms toerden we een stukkie verder, naar Duitsland of België.
De vraag waar we dit jaar heen zouden gaan, leverde behoorlijk wat discussie op. Tussen Anouk en mij dan. Zeker een maand lang maakten we dagelijks ruzie over onze vakantiebestemming.
Anouk wilde naar de Beekse Bergen, naast het Safaripark in Hilvarenbeek. Zij had makkelijk praten, zij sliep in de caravan. Zij hoefde niet – zoals ik – op de grond in een tentje te slapen. Een beetje regen en ik zou die tent uit dobberen, terwijl de rest warm en droog in de caravan lag. *No way*! Ik wilde naar de zon. En ik had geen zin om telkens hetzelfde te zien en te doen. We waren al minstens vijf keer naar de Beekse Bergen en dat Safaripark geweest. Dan weet je ondertussen wel hoe een giraffe eruitziet. Waarom konden we niet een keertje wat langer rijden? Naar Italië bijvoorbeeld. Het regent daar minder, er is meer te zien en het eten is super. Dan is de keus simpel. Niet?

Mijn ouders bemoeiden zich niet met onze vakantiediscussies. Met de inhoud, bedoel ik. Wel hadden ze veel commentaar op de manier waarop we discussieerden. We moesten 'rustig doen' en 'aardig voor elkaar zijn'.
'Als jullie ons vertellen waar we dit jaar naartoe gaan, dan stoppen onze vakantiediscussies vanzelf', was mijn standaard reactie. 'Waarom wachten jullie iedere keer tot de

laatste week voordat jullie een beslissing nemen?' De antwoorden van mijn ouders waren nogal vaag. Zoals: 'komt vanzelf' of 'de vakantie is nog ver weg' of 'we denken erover na'.

Een week voor de meivakantie begon Anouk haar vakantiespullen bij elkaar te zoeken. 'Orde en netheid' zijn nooit Anouks sterkste kanten geweest, maar die dag overtrof ze zichzelf. Ze kon zo in het *Guinness Book of Records* als 'Troepkind van de eeuw'. Alles wat in haar kasten en lades had gezeten, lag in slordige stapels over haar slaapkamervloer verspreid.
Toen ik Anouk kwam halen voor het avondeten, zat zij – uiterst kalmpjes – boven op de hoogste troepberg een boekje te lezen. 'O, hallo Liam. Welke spullen moet ik inpakken voor de vakantie? Kun je me even helpen?' vroeg ze.
'Even helpen? Ja, doei! Zoek die troep lekker zelf uit!' gaf ik – misschien iets te hard – als antwoord.
Mopperend kwam mijn moeder naar boven. 'Hebben jullie alweer ruzie? Ik krijg er een punthoofd van! Houd nou eens op over die vakantie!'
Op de drempel van Anouks kamer viel mijn moeders mond open. Verbijsterd staarde ze naar de gigantische troepbergen. Ik zag Anouk in elkaar krimpen. Mijn zusje verwachtte – net als ik – een woede-uitbarsting van mijn moeder. Die krijgt ze namelijk al van drie rondslingerende pluisjes.

Mijn moeder werd niet boos. Ze begon te huilen. Huh? Een huilende moeder? Wist niet dat ze kón huilen. Toegegeven, een beetje wereldvreemd. Maar ik had haar nog nooit zien huilen. Echt huilen. Ja, ik had weleens 'tranen van geluk' of 'tranen van het lachen' in haar ogen gezien. Maar geen

'tranen van verdriet'. En nu stond mijn moeder daar in de deuropening wanhopig te snikken.
Geschrokken keek Anouk naar mij. Zij dacht dat haar troepbergen mijn moeder tot wanhoop gedreven hadden. 'Sorry, sorry!' gilde ze hysterisch. Ze rende jankend naar mijn moeder en greep haar panisch vast. 'Niet huilen, mama. Ik ruim het op. Beloofd!'
Mijn moeder tilde Anouk op en ging – mét zusje – boven op een berg kleren zitten.
Huh? Nooit kreukte mijn moeder ook maar één kledingstuk, en nu ging ze ineens – plof! – op een hele berg gewassen en gestreken kleren zitten. Mijn moeders gedrag werd met de minuut raarder ...
Ik dacht: die is overspannen. Niet onlogisch, want mijn moeder had in principe twee banen én ons. Best druk.

Terwijl mijn moeder op de klerenberg zat te snikken en te snotteren – met een huilende Anouk op schoot – kwam mijn vader thuis. Hij schrok zich een ongeluk. Grote kans dat hij mijn moeder ook nog nooit had zien huilen.
Ik fluisterde: 'Overspannen.' Niet zacht genoeg, want mijn moeder hoorde het. Ze begon wild met haar hoofd te schudden en probeerde te praten. Er was geen touw aan vast te knopen. Naast veel gesnik en gesnotter verstond ik alleen de woorden 'teleurstelling' en 'vakantie'.
Mijn pa leek mijn moeders gehakkel – wonder boven wonder – wel te snappen. Naderhand logisch, want hij wist, samen met mijn moeder, al máánden wat er aan de hand was. Wij – de onnozel gehouden kinderen – hadden geen flauw benul.

Mijn vader bonjourde ons allemaal naar beneden. Naar de krakbank. Terwijl de bank steeds verder doorzakte en mijn

moeder glazen water dronk alsof ze minimaal vier jaar droogstond, vertelde mijn vader ons het slechte nieuws. We gingen niet op vakantie! Mijn vader én moeder moesten werken! De hele vakantie!
Anouk kreeg spontaan een driftaanval. Razend stampte ze naar boven en gooide haar kamerdeur dicht. Mijn moeder rende achter haar aan.
Ook ik was woedend. Ik schreeuwde tegen mijn vader: 'Wat is dit voor een *bullshit*? Waarom gaan we niet op vakantie? We gaan *altijd* weg in de meivakantie! Alleen op vakantie zijn we echt samen! Willen jullie soms niet samen met Anouk en mij zijn? Willen jullie liever werken?'
'Neeneenee', zuchtte mijn vader hoofdschuddend. 'Er zijn wat probleempjes.'
Ik: 'Welke "probleempjes"? Sinds mama twee banen heeft, zijn de problemen toch voorbij?'
Niet dus ... Voor de dertigduizendste keer hadden mijn ouders iets belangrijks niet aan hun bloedeigen kinderen verteld ...

Er waren 'probleempjes' op mijn vaders werk. De architecten kregen steeds minder opdrachten om huizen of andere gebouwen te ontwerpen. Minder opdrachten betekent minder werk. Voor de architecten én voor de technisch tekenaars.
Wij – de onnozel gehouden kinderen – hadden natuurlijk wel gemerkt dat mijn vader bijna nooit meer overwerkte. Sterker, dat vonden wij een hele vooruitgang. Wisten wij veel!
Mijn ouders hadden me behandeld als een oenige kleuter door me niks te vertellen over de stress op het werk van mijn pa. Word nog kwaad als ik eraan terugdenk. Hoe konden ze zoiets nou geheimhouden? Voor mij? Hun eigen

zoon! Ondertussen was ik 14. Ik kon heus wel wat hebben, hoor! Oké, misschien was Anouk te jong om het volledig te vatten. Maar ík niet!

'Een paar collega's zijn de afgelopen maanden opgestapt', vertelde mijn vader. 'Om ergens anders te gaan werken. Gore weglopers zijn het!'
'Waarom noem je ze gore weglopers?' vroeg ik. 'Er is toch minder werk? Of zijn er te veel mensen weggegaan? Krijg je het hierdoor drukker? Moet je daarom in de vakantie doorwerken?'
'Nee, die weglopers zorgen er niet voor dat ik het veel drukker krijg', antwoordde mijn vader.
'Maar wat hebben ze dan verkeerd gedaan?' wilde ik weten.
Mijn vader plechtig: 'Je moet je baas in goede en in slechte tijden blijven steunen. Niet bij het eerste zuchtje wind wegrennen.'
'*Right*, jij bent dus niet van plan om weg te rennen. Maar waarom kun je geen vakantie nemen?' vroeg ik.
Mijn vader: 'Er zijn negen technisch tekenaars overgebleven. En er is werk voor zeven tekenaars. Twee technisch tekenaars zijn boventallig en zullen ontslagen moeten worden. Eind mei maakt de directeur bekend wie zijn baan kwijtraakt.'
Mijn vader wist niet of hij zelf gevaar liep. Maar hij was ervan overtuigd dat als hij zich 'vol' bleef 'inzetten', hij 'nooit of te nimmer' ontslagen zou worden. Hij had altijd 'hart voor de zaak' gehad en hij zou dat nog eens goed benadrukken door zijn – en onze! – vakantie op te offeren voor 'de goede zaak'. 'Een waterdicht plan!' volgens mijn vader.
Ik vroeg of de andere technisch tekenaars niet evenveel 'hart voor de zaak' hadden als hij. Wilden die niet ook hun

baan houden? Als alle overgebleven technisch tekenaars hun vakanties gingen lopen opofferen voor 'de goede zaak', hoe kon mijn pa dan positief opvallen?
Mijn vader lachte mijn zorgen weg. 'Geen paniek, Liam. Jouw oude vader weet wat hij doet. Vechten tot het bittere eind! Als het moet, dan verlaat ik als laatste het zinkende schip.'
Mijn vader zag zichzelf als een soort moderne ridder. Tot de dood vechtend voor zijn koning, de directeur van het architectenbureau. Hoe sukkelig kun je zijn?

Omdat mijn vader niet op vakantie wilde, besloot mijn moeder door te werken als buitenschoolse opvangjuf. Voor de extra centen. Twee lange weken zorgde ze voor sneue kinderen van wie de ouders – net als de mijne – werk belangrijker vonden dan vakantievieren met hun eigen kinderen. Mijn zusje werd kind nummer drieëntwintig in mijn moeders thuisblijfgroep. Anouk had het prima naar haar zin tussen de thuisblijfkindjes. Mijn moeder en 'meester' Bram – een negentienjarige pabo-student die alles 'lol' vond en zelf drukker was dan het springerigste ADHD-kind – probeerden de meivakantie zo leuk mogelijk te maken voor de kinderen. Tot diep in de nacht was mijn moeder bezig met het verzinnen van spelletjes en het uitstippelen van speurtochten. Soms hielp ik haar. Meestal niet. Waarom zou ik ook? Die onzin was mijn keus niet! Ik had in Italië kunnen zitten!

Het werd de vakantie van mijn leven … Herstel: ik verveelde me te pletter.
Zat ik daar in m'n uppie thuis. Natuurlijk was ik niet de enige jongen in Culemborg die niet op vakantie ging. Ik had kunnen afspreken met gasten van school of voetbal of

zo. Maar dat deed ik niet. Ik deed alsof ik op vakantie was. Overal had ik namelijk – met mijn grote mond – lopen rondbazuinen dat ik de hele vakantie in Italië zou zitten. Iedereen jaloers. Ik trots. Trotse Liam kon moeilijk toegeven dat het niet klopte. Dat ik had lopen opscheppen. Ik wilde niet afgaan en zat daarom het grootste deel van de meivakantie alleen thuis.
Nou ja, alleen ... Mijn oma kwam een paar keer per dag checken of ik nog leefde. Omdat ik niet gecontroleerd wilde worden, verzon oma steeds nieuwe smoesjes om 'aan te wippen'. Ze deed dan bijvoorbeeld net of ze eieren nodig had voor een cake. Een paar uur later was het baksel klaar en stond ze op de stoep met een plak cake. Of ik wilde 'testen of hij lekker is'. Het lag er allemaal heel dik bovenop. Ik negeerde het maar. Ze bedoelde het goed.

Trouwens, dankzij oma heb ik in die vakantie een keer zowat in mijn broek gepist van het lachen. Op een ochtend stond ze om negen uur op onze deurbel te rammen. Negen uur 's ochtends ... Dat is midden in de nacht! Ik lag – logisch – nog in bed.
Slaperig hobbelde ik naar beneden en deed – in pyjama! – de deur open. Buiten stond een opgefokte oma op en neer te stuiteren. Ik moest me *onmiddellijk* gaan aankleden en meekomen naar haar huis. Ze vroeg het niet vriendelijk. Absoluut niet. Ze *eiste* dat ik met haar meeging.
'Wat is er loos, oma?' vroeg ik.
Nou, ze maakte zich zorgen over mijn opa. Die was uiterst klungelig hun tuin aan het omspitten. Oma wilde niet dat mijn oude, ietwat te dikke opa met rugklachten én suikerziekte zich 'bovenmatig' inspande. 'Zoiets loopt op een ramp uit', aldus oma. Ik moest hem – 'hop, hop!' – gaan helpen, voordat opa last van zijn rug of suikerziekte zou

krijgen. 'Die koppige dwaas wil alles zelf doen', mopperde ze. 'Nu je ouders zo druk zijn, wil hij geen hulp vragen.'

Vlug kleedde ik me aan en rende – zonder ontbijt! – naar opa en oma's huis. Oma dribbelde – met vertraging – achter me aan.

Wat denk je? Mijn opa was helemaal niet aan het spitten! In het zonnetje lag hij languit – mét biertje – in zijn ligstoel. Zo'n middeleeuws exemplaar met groene en oranje bloemen. ('s Ochtends vroeg aan het bier! Kan ik echt een voorbeeld aan nemen ...)

'Hé, Liam!' riep opa. 'Heerlijke morgen! Als je wilt spitten, dan ben je te laat. Ik ben allang klaar. Fluitje van een cent! Je oma kan weer rustig ademhalen.'

Erg rustig werd oma niet toen ze 'die koppige dwaas' relaxed zag liggen met een biertje. Ze werd kwáád! *Woest* past hier beter. Bijna paars van woede begon ze tegen mijn opa te krijsen. 'Je had op Liam moeten wachten! Wil je jezelf het graf in spitten?'

Opa grijnsde en gaf me een knipoog. Foutje ...

Die knipoog maakte oma nóg nijdiger. Ruw griste ze het bijna volle bierflesje uit mijn opa's handen en kieperde de inhoud over zijn buik. Hopla!

Ik moest keihard lachen. Slap van het lachen hing ik over het tuinhekje.

Oma deed alsof ze mij niet zag gieren van het lachen. En aan mijn tegenpruttelende, kletsnatte opa besteedde ze totaal geen aandacht meer. Ze veegde haar handen af aan haar rok, draaide zich om naar mij en vroeg – iets te vriendelijk: 'Wil jij een lekker ontbijtje, schat?'

Mijn opa enthousiast: 'Zeker weten! Ik heb reuzetrek!'

Oma keurde hem geen blik waardig en zei tegen mij: 'Kom Liam, we gaan naar binnen. Ik zal een eitje voor je bakken.

Je opa is vies. Hij moet eerst douchen.'
Hahaha, om je te bescheuren, niet?

Oké, niet alle vakantiedagen waren even slaapverwekkend. De meeste – jammer genoeg – wel. Lange, saaie dagen hing ik in mijn eentje op onze krakbank. Wat te gamen of tv te kijken.

Man, wat miste ik Marco op deze kleurloze dagen! Met hem erbij had ik me geen seconde verveeld. Door het rottige tijdsverschil kon ik hem overdag ook niet spreken. Pas na het avondeten kan ik met Marco skypen of facetimen. Tenminste, als Marco niet op school zit. Voordat we elkaar 'live' kunnen zien, moeten we altijd tig berichtjes heen en weer sturen.

Uit verveling stuurde ik Marco lange berichten over mijn – niet bijzonder boeiende – vakantie. Zijn antwoorden vielen behoorlijk tegen. Marco reageerde op alles, maar niet bepaald uitgebreid. Meestal stuurde hij een paar haastig getypte zinnetjes. Zijn turbozinnetjes waren ook steeds vaker in het Engels. Het was overduidelijk: Marco had het perfect naar zijn zin in Canada. Zonder mij. En ik was eenzaam en alleen …

Begrijp me niet verkeerd, ik wilde echt niet dat Marco ongelukkig was of zo. Maar ik voelde me depri en buitengesloten.

Woef – onze lieve, niet zo snuggere hond – was de enige die dolblij was met mijn thuisblijverij. Hele dagen hing hij naast me op de bank, met zijn kop op mijn bovenbeen.

Om wat actie in de tent te krijgen, probeerde ik Woef door een hoepel te laten springen. Ik zou bewijzen dat Woef meer was dan een kwijlende, slaperige vreetzak. Úren heb ik met de hoelahoep van Anouk in mijn ene hand en een

hondenkoekje in mijn andere hand geduldig staan wachten tot Woef door die hoepel zou springen.
Kansloos! Dat trucje was te moeilijk voor hem. Ik moest het accepteren, Woef is een weinig talentvolle hond.

In de weekenden en avonden zorgde mijn vader ervoor dat de stemming nooit boven het vriespunt uitkwam. Thuis deed hij weinig anders dan wezenloos voor zich uit staren op onze krakbank. Na iedere werkdag leek hij een graadje vreemder. Hij had niet eens door dat ik 90 procent van de tijd naast hem zat!
Ik vroeg me af hoelang mijn pa het zou trekken. Wanneer die ontslagzenuwen het van hem zouden winnen. De man was één bibberende stresszenuw!
Door dat gezenuwpees was hij voortdurend 'te moe'. Te moe om iets in het huishouden te doen. Te moe om met ons te voetballen, te badmintonnen of wat dan ook te doen. Zelfs te moe om rechtop aan tafel te zitten. Asociaal, vond ik. Mijn moeder liet hem doodleuk zijn gang gaan. We mochten hem van haar niet storen. Hoezo storen? Waar was hij mee bezig dan?

Aan het eind van de vakantie was ik blij dat de school weer begon. Hoe zielig kun je zijn?

Stresskip-de-luxe

Van die 'boeiende' meivakantie had ik één ding opgestoken. Voor mij geen saai, eenzaam gehang op onze krakbank meer. Na schooltijd bleef ik daarom overal en nergens rondhangen. Het maakte mij niet bijster veel uit wat ik deed of met wie ik was, als ik maar niet solo was. Zo zat ik de ene middag te gamen bij een klasgenoot en stond ik de middag erna buiten te chillen met wat gasten uit de buurt.

Naar huis ging ik pas als mijn moeder en Anouk thuis waren. Ik was liever niet alleen met mijn vader. Had totaal geen idee wat ik tegen hem moest zeggen. Sneu van die baan en zo, maar – alsjeblieft! – een beetje actiever zou toch wel kunnen? Avond na avond besteedde hij aan zijn nieuwe hobby: bankstaren. Het liefst had ik hem van de bank afgesleurd en in zijn gezicht geschreeuwd dat hij iets moest gaan *doen*. Ik werd gek van die starende blik en dat nietsdoen. Wie heeft daar nou wat aan?

Mijn vader perfectioneerde zijn stresskip-de-luxe-fase iedere dag wat meer. Hij werd steeds slomer, staarde steeds gestrester en kreeg steeds minder mee van zijn omgeving. Van ons dus.

's Avonds in bed piekerde ik over de vraag of ik zijn baas moest bellen. Vragen hoe het zat. Of mijn pa kon blijven of niet. Dan waren we ein-de-lijk van dat neurotische gedoe af.

Ik heb nooit gebeld. Was als de dood dat zijn baas slecht nieuws had. Wat zou mijn vader dan gaan doen? Of – beter gezegd: wat zou hij dan *niet* gaan doen?

Langzaam sloop mijn vaders nachtmerriedag dichterbij. Komen we op een avond thuis, staat mijn pa ineens te koken! We wisten niet wat we zagen. Mijn vader die iets nuttigs deed …

Mijn moeder zuchtte opgelucht: 'O, gelukkig, je bent niet ontslagen.' Verkeerde opmerking …

Mijn vader zette zijn stressgezicht weer op. 'Ik weet het niet', kreunde hij. Pas een paar dagen later zou hij te horen krijgen of hij kon blijven of niet.

'Waarom doe je dan zo … zo normaal?' wilde Anouk weten. Goede vraag.

'Freddy, een van de technisch tekenaars, heeft een nieuwe baan gevonden. Doordat Freddy zelf vertrekt, is er maar één technisch tekenaar boventallig', antwoordde mijn vader.

'Aha!' riep mijn moeder hyper. 'Een kleinere kans op ontslag!'

'Exact!' reageerde mijn vader bijna vrolijk. 'Er hoeft nog maar één collega te vertrekken.'

'Nou, pap,' lachte ik, 'is Freddy nu ook een gore wegloper?'

'Een gore wegloper? Waar heb je het over, Liam?' vroeg hij zogenaamd verbaasd.

Ik besloot er geen punt van te maken. Mijn vader had zijn aan-knop teruggevonden, dat was het belangrijkste.

Freddy's zelfgekozen vertrek zorgde er niet voor dat mijn vader 'het zonnetje in huis' werd. Maar hij kwam vaker van de krakbank af. En dat was een hele verbetering.

Daar was-ie dan: de 'ontslagdag'. Om de spanning lekker op te voeren, mochten de technisch tekenaars pas om negen uur op het werk verschijnen. Een meesterlijke zet van de baas … *Not*! Moest mijn pa nóg langer wachten op 'het vonnis van de directeur'.

Zijn nervositeit werd met de minuut erger. Bibberend trok hij een pak aan. Zijn enige pak, zijn – te krappe – trouwpak … Mijn vader droeg nooit een pak op zijn werk. Beetje vaag om dan plotseling als bruidegom te verschijnen. Wat wilde hij daarmee bereiken? Dacht hij werkelijk dat zijn baas zou zeggen: 'Je hebt een keurig pak aan, dat verandert de zaak. Jij mag blijven!' *Dream on, daddy* …
Spierwit zat mijn vader – in zijn 'goeie pak' – aan het ontbijt. Hij kreeg geen hap van zijn boterham door zijn keel. Zwijgend zaten we aan tafel. Ik wilde mijn vader wel geruststellen, maar wat kon ik zeggen? 'Alles komt goed'? Hij zou me niet geloofd hebben. Wie wel? Niemand wist wat er ging gebeuren.
Stiekem waren we allemaal nerveus. Ik ook. Zou mijn vader ontslagen worden? Wat zou er dan met hem gebeuren? En met ons?
Ik was blij toen mijn vader – eindelijk – op zijn fiets sprong. Op weg naar de trein die hem naar Utrecht zou brengen. Een stresskip-de-luxe onderweg naar zijn ergste nachtmerrie.

Het was een zenuwslopende dag. Wat zou de uitkomst zijn? En hoe zou het met mijn vader gaan? Ik was bang dat hij ter plekke een hartaanval zou krijgen als hij slecht nieuws kreeg. Met mijn gedachten was ik de hele dag bij mijn pa. Niks anders kreeg ik mee. Had niet eens door dat ik bij biologie een plant van de vensterbank stootte. Iedereen lachen …
Na school belde ik mijn moeder. Vragen of zij info had. Zij had info! Geweldige info! Mijn vader was *niet* ontslagen! *Yes*! Er werd inderdaad maar één technisch tekenaar geloosd. Het slachtoffer was een vent 'die zich de afgelopen maanden kritisch uitgelaten had over de gang van zaken binnen

het bedrijf'. Zielig voor hem. *Great* voor ons. Wij konden verder met ons leven!

Toen mijn vader thuiskwam, zat ik op de krakbank op hem te wachten. Met een glimlach die niet van zijn gezicht af te meppen viel, liep hij de kamer binnen.
'Jongen, dit moeten we vieren!' riep hij enthousiast. 'Wij gaan naar De Griek!'
Die avond was alles perfect. Mijn vader was geen stresskip-de-luxe meer. Hij maakte de hele avond grapjes. Mijn moeder lachte om al zijn grapjes. Ook als ze niet lollig waren. Zelfs mijn zusje vergat irritant te doen die avond. En niemand zeurde toen ik een tweede portie tzatziki bestelde.
Heb jij weleens het gevoel gehad dat alles klopt? Dat alles oké is? Ik had dat die avond. Kon het maar altijd en eeuwig die avond zijn ...

De volgende ochtend was de wereld zoals ze moet zijn: zonnig en normaal. Mijn leven had een tijdje in de stress-stand gestaan. Maar dat was voorbij.
Mijn vader was – vol goede moed – afgrijselijk vroeg opgestaan om eerder naar zijn werk te gaan. De uitslover. Ach, *who cares*? Waarom zou ik daarover zeuren? Beter een actieve, uitsloverige vader dan een stresskip-de-luxe verkleed als neurotische bruidegom. Wat jij?
Ook mijn moeder had een metamorfose ondergaan. Zij liep zingend door het huis!
Gelukkig – zucht – was Anouk haar gymtas kwijt, anders was die ochtend te vlekkeloos verlopen.

Stresskip-de-luxe 2.0

Eén sneu kort dagje was ons leven weer normaal … Mijn vader kwam een stuk minder actief thuis dan hij vertrokken was. 'Het waren een paar zware maanden', zei mijn moeder tegen hem. 'De vermoeidheid komt eruit. Je lichaam heeft behoefte aan rust. Ga maar ontspannen zitten, lieverd. Lekker een beetje dagdromen over de zomervakantie. Over een dikke maand zit jij heerlijk voor de caravan in het zonnetje!'

Tijdens het avondeten ging mijn moeder helemaal los over een of ander Frans stadje waar zij heen wilde in de zomervakantie.

Anouk en ik hadden zo onze eigen vakantie-ideeën. Die slingerden we over tafel.

Terwijl wij druk plannen maakten, bromde mijn pa af en toe wat. Hij deed niet echt mee met onze vakantiediscussie. Daarom vroeg ik: 'Waar wil jij naartoe, pap?'

En toen begon mijn vader opeens te huilen … Huh? Wat kregen we nou? Inmiddels wisten we dat mijn moeder kon huilen. Maar mijn vader?

Gechoqueerd keken Anouk en ik naar mijn vader. 'Jullie vader is een beetje oververmoeid', legde mijn moeder uit. 'Het was ook zo'n spannende periode. De stress moet slijten. Wees gerust, jullie vader zal zijn normale routine terugvinden, nu alles genormaliseerd is.'

Maar alles was niet 'genormaliseerd'…

Mijn vader: 'Vanmiddag had ik een gesprek met de directeur.'

'Een persoonlijk gesprek met de directeur?' vroeg mijn moeder.

'Ja, wij met z'n tweetjes, ja', knikte mijn vader. 'Een uitermate hartelijk en inzichtelijk gesprek. Maar hij heeft vandaag niet alleen met mij gesproken, hoor. Met alle collega's heeft hij eenzelfde gesprek gevoerd.'
'Waarover?' vroeg mijn moeder scherp.
'Over ons bedrijf', antwoordde mijn vader. 'Dat het nog steeds niet goed gaat. Ook na de ontslagronde is er te weinig betaald werk voor de resterende mensen.'
Ik: 'Vliegen er opnieuw mensen uit?'
'Neenee,' reageerde mijn vader, 'zover hoeft het niet te komen. Als we solidair zijn en het werk eerlijk verdelen, dan kan iedereen blijven.'
'Top! Probleem opgelost!' zei ik. 'Waar blijft het toetje?'
'Nou,' stotterde mijn vader, 'als we het werk eerlijk gaan verdelen, dan werk ik minder uren per week. En als ik minder uren werk, dan verdien ik minder geld.'
'Hoeveel minder?' wilde ik weten.
'De details hoor ik later', zei mijn vader. 'Maar het is slechts een tijdelijke situatie. Even door de zure appel heen bijten tot de gouden tijden van ons bedrijf terugkeren. In dit huis zullen we een tijdje minder te besteden hebben. Sommige dingen kunnen we dan misschien even niet doen. Zoals op vakantie gaan ...'
Tranen brandden achter mijn ogen. Niet op vakantie? Alweer niet?
Anouk zat al te brullen aan tafel.
'Ik weet hoe graag jullie op vakantie willen', zei mijn vader met schorre stem. 'Het spijt me heel erg. Ik wil jullie niet teleurstellen. Daarom schoot ik net vol. Deze zomer is een vakantie wellicht niet haalbaar. Maar in de toekomst zullen er nog vele mooie vakanties volgen, jongens. Want zodra het architectenbureau in de lift zit, kan ik weer fulltime aan de slag. Inclusief een extra loonsverhoging!'

'Zijn er geen andere opties?' vroeg mijn moeder. 'Kun je niet fulltime in dienst blijven?'
Mijn vader reageerde boos: 'Het gaat niet alleen om ons gezin! Wil jij dat collega's van mij op straat komen te staan? *Iedereen* moet zijn of haar baan behouden. En dat kan pas als het werk eerlijk verdeeld wordt. Solidariteit!'
'Solidariteit? We hebben totaal geen zekerheid!' gilde mijn moeder boos terug. 'Ga solliciteren! Een baan zoeken bij een stabieler bedrijf!'
'Wát?!' schreeuwde mijn vader. 'Ik wil nergens anders werken! Ik werk voor een topbedrijf! Dat wil ik blijven doen! Ik ben daar gelukkig! Waarom steun je me niet?'
'Prima, prima,' zei mijn moeder sussend, 'jouw geluk is erg belangrijk. Maar vraag in ieder geval een aantal dagen bedenktijd. Zodat we in alle rust wat rekensommetjes kunnen maken en de wet- en regelgeving kunnen doorspitten. Onderzoeken wat onze rechten zijn. En of we toch geen andere opties over het hoofd zien.'
'Belachelijk!' blèrde mijn pa. 'Het is slikken of stikken. Als ik dwars ga liggen, dan heb ik straks niks meer. Geen baan! Geen inkomen!'
'Maar, lieverd,' sputterde mijn moeder tegen, 'we moeten ons verstand blijven gebruiken!'
'Ons verstand? Jij ziet overal beren op de weg!' zei mijn vader iets rustiger. 'Heb vertrouwen! Over een tijdje is alles bij het oude. Je hebt goede jaren en je hebt slechte jaren. Wij zullen het een poosje wat slechter hebben. *C'est la vie* … Maar zodra het bedrijf opkrabbelt, dan is het gedaan met de misère. Dan staan wij vooraan!'
Mijn vaders preek klonk logisch. Als mijn vader – de eeuwige twijfelkont – zo overtuigd over iets was, moest het wel kloppen. Wat konden wij er verder aan veranderen?

Kom maar op met die zure appel, dacht ik, wij bijten er dwars doorheen!

De directeur had mijn vader verteld dat hij pas een nieuw minder-uren-contract kon krijgen als zijn oude contract niet langer geldig was. Om dit 'lopende contract te ontbinden' moest mijn vader *zelf* ontslag nemen. Bij het inleveren van zijn ontslagbrief zou hij automatisch een nieuw contract krijgen.
Daarom ging mijn pa diezelfde avond aan de gang met zijn eigen ontslagbrief. Uiterst melig (gelukkig huilde of schreeuwde hij niet meer) typte hij zijn brief.
Mijn moeder zag er de lol niet van in. 'Hoe ziet je nieuwe contract eruit?' vroeg ze chagrijnig. 'Moet je dat niet eerst zien?'
Lachend wuifde mijn vader haar twijfel weg. 'De directeur heeft me zijn woord gegeven. Een man een man, een woord een woord!'
Eerlijk gezegd vond ik mijn ma maar een zeur die avond. Waarom deed ze zo moeilijk? Kon ze mijn vader niet gewoon steunen?
Na een uurtje prutsen, was mijn vader klaar met zijn brief. 'Vanaf 1 juli ben ik een vrij man', grapte hij. De visionair …

Keurig leverde mijn vader de volgende dag zijn ontslagbrief in bij de directeur. Glimmend van trots kwam hij thuis. 'Ik werd overladen met complimenten. "Aldersen," zei de directeur, "jij hebt hart voor de zaak. Jij bent een eersteklas werknemer!"' juichte mijn vader hieperdepiep.
'Liam, zullen we een balletje trappen?' stelde hij daarna voor. Zeker weten!
Mijn moeder riep hem terug naar binnen. 'Waar is je nieuwe contract?' Begon ze nou alweer te zeuren? Net nu mijn vader met mij wilde gaan voetballen. Net nu hij na máánden

bankstaren – eindelijk – vrolijk was. Ik was blij dat mijn pa mijn moeder gelijk afwimpelde. 'Komt goed, komt goed. Dat krijg ik binnenkort. Maak je niet druk. Voor alles is een tijd. Nu is het tijd om Liam in te maken!'
Natuurlijk lukte dat inmaken voor geen meter. *Smile*! Maar mijn ware vader was terug. Ik had hem en onze trapavondjes gemist.

Zeker een week was mijn vader hieperdepiep en superpositief. Al zijn collega's hadden gekozen voor het 'solidaire' minder-uren-contract. De baas had van iedereen een mooie ontslagbrief ontvangen.
'Samen overwinnen we de financiële malaise!' hoorde ik mijn pa dramatisch tegen zijn broer Frans aan de telefoon zeggen. 'In sommige bedrijven gooien ze zomaar iedereen bij het eerste zuchtje wind eruit. Nou, bij mij op het werk denken ze in eerste instantie aan de medewerkers en hun gezinnen.'
Mijn vaders enthousiasme werkte besmettelijk. Zelfs mijn moeder keek een stuk minder chagrijnig. Toch zou een nieuw contract haar pas echt rust geven. Mijn vader lachte erom. Anouk en ik lachten vrolijk met hem mee. Wat kon ons gebeuren?

Na een week begon ook ik me af te vragen waar dat minder-uren-contract bleef. Vooral omdat mijn moeder dan kon uitrekenen hoeveel geld we in de nieuwe situatie zouden hebben. Erg belangrijk. Want als het genoeg was, konden we die zomer op vakantie.
Na behoorlijk wat pushen en aandringen, maakte mijn vader een afspraak met de directeur. Beleefd vroeg hij naar zijn nieuwe contract. Zijn baas verzocht hem geduld te hebben. 'Contracten zijn administratieve monsters. Buitengewoon tijdrovend en ambtelijk. Laten wij ons maar met

ons eigen werk gaan bezighouden, Aldersen.' Dus ging 'Aldersen' – mijn pa – hondstrouw verder met zijn eigen werk. Mijn moeder en ik vonden het antwoord van de directeur supervaag. En ook mijn vader was niet helemaal gerustgesteld. 's Avonds zat hij steeds vaker met collega's aan de telefoon. Vragen wat zij wisten en wat zij vonden van 'de hele situatie'.

Uiteindelijk stapte collega Kees als 'woordvoerder van de werknemers' naar de baas. Kees blijft altijd rustig en vriendelijk. Daarom kon hij de directeur het beste vragen waar die nieuwe contracten uithingen. 'Uiterlijk eind juni is alles geregeld', beloofde de baas.
Mijn vader vond het 'toppie'. Mijn moeder en ik niet. Wat had zijn baas nou eigenlijk beloofd? De meeste collega's van mijn vader waren het met mijn moeder en mij eens – verstandige mensen – en besloten Kees een tweede keer naar de directeur toe te sturen. Dit keer hoorde Kees dat tijdens een bijeenkomst voor alle medewerkers 'de volledige stand van zaken de revue passeert'. Op 23 juni zou deze stand-van-zaken-happening plaatsvinden. Een beetje aan de late kant voor onze vakantieplanning. Balen, maar wat was er aan te doen? Braaf wachtten we tot 23 juni.

Op 23 juni was er weinig over van mijn lollige pa. De stresskip-de-luxe was *back in town*. In hernieuwde uitgave: een stresskip-de-luxe 2.0.
Nerveus vertrok mijn vader – weer in trouwpak – naar zijn werk. De hele dag hoorden we niks van hem. Wij konden hem ook niet bereiken, want zijn telefoon stond uit.
We moesten geduld hebben. Niet mijn sterkste punt die dag. Ik was mega-onrustig. Na school ging ik met wat klasgenoten poolen. Ik had afleiding nodig.

Om een uur of zeven fietste ik naar huis. Mijn moeder en Anouk kwamen gelijk met mij thuis aan. Daarvoor waren ze bij die nablijfsmurfen.
Gespannen deden we de deur open. Zou mijn vader thuis zijn? Zijn tas stond in de gang. Maar waar was hij? Hij was niet in de woonkamer of de keuken. Apart. We startten een zoektocht en vonden hem in bed. Starend naar het plafond. Toen hij ons zag, zei hij: 'Dat plafond kan wel een likje verf gebruiken.'
Mijn moeder: 'Dat hele plafond interesseert me geen klap! Kom op, waar is je nieuwe contract?'
Mijn vader kwam – zucht, steun, kreun – overeind en keek mijn moeder dieptriest aan.
'Nog steeds geen contract?' brulde ze.
'Nee', zei mijn vader met een vreemd stemmetje. (Er kwam alleen een beetje hees geschraap uit zijn keel.) 'Het bedrijf bestaat niet meer. De boel is opgedoekt.'
'En je contract dan?' vroeg mijn moeder. Een niet al te snuggere opmerking. Want als er geen bedrijf is, dan ... Ik had het onmiddellijk door. Mijn moeder deed er ietsjepietsje langer over. Ten slotte kermde ze: 'O ... Dan ben je werkloos ... O ...'
Lomp plofte mijn moeder naast haar – werkloze – man op bed. Ze was even totaal de weg kwijt. Door de schrik of zo.

Anouk en ik stonden er wat sukkelig bij te kijken. Toegegeven, ik dacht voornamelijk aan onze vakantie. Nou ja, onze niet-vakantie dan. Geen werk -> geen geld -> geen vakantie. Egoïstisch? Misschien.

Ook Anouk had zo haar prioriteiten. 'Krijgen we nu geen eten, nu papa werkdinges is?' mekkerde ze.
Eten? Mijn ukkepukzusje dacht aan *eten*. We denderden een

groot zwart gat in. Een gat vol zorgen en onzekerheden. En zij vroeg zich af of er nog gegeten ging worden. Oké …
Door Anouks gezeur kwam mijn moeder wél terug op aarde. Ze hees zichzelf – met moeite – overeind en hobbelde naar de keuken om te koken.

Tijdens het eten leek mijn moeder de ergste schrik verwerkt te hebben. Ze was in ieder geval zichzelf. Niet te stoppen! Ze kwam met een compleet 'plan van aanpak' op de proppen. 'Actiepunten', die *as soon as possible* afgewerkt moesten worden.
Ten eerste: mijn vader moest 'als een bezetene' gaan solliciteren. Logisch.
Ten tweede: we gingen niet op vakantie. Een ramp! Wel een logische ramp, bagger, bagger, bagger.
Ten derde: mijn moeder wilde de *hele* zomervakantie als opvangjuf gaan werken. Meer uren werken, meer geld. Dit vonden we minder logisch. Mijn ma had ook weleens rust nodig. 'Rust is een luxe die wij ons op dit moment *niet* kunnen veroorloven', was haar antwoord.
Dit waren niet de enige drie 'actiepunten' van mijn moeder. Neenee, tientallen dingen moesten – het liefst gisteren nog – afgevinkt worden. Het 'urgentste actiepunt' was het aanvragen van een werkloosheidsuitkering. (Als mensen hun baan kwijtraken, krijgen ze een tijdje geld van een of andere instantie. Geld om van te leven tot ze een nieuwe baan hebben.)
'Morgenvroeg zorgen we er allereerst voor dat je een werkloosheidsuitkering krijgt', bepaalde mijn moeder.
Mijn vader piepte: 'Kan niet.'
'Hoezo "kan niet"? Lieverd,' zei mijn moeder hoofdschuddend, 'je hebt ruim twintig jaar hard voor dat bedrijf gewerkt, dan heb je recht op een uitkering, hoor.'

'Nee, ik heb nergens recht op', kreunde mijn vader. 'Ik heb zelf ontslag genomen. Je krijgt geen uitkering als je *zelf* ontslag neemt.'
'Maar dat was niet jouw idee! *Jij* wilde niet weg! *Jij* zou een nieuw contract krijgen. Dáár wachtte je op. *Jij* hebt nóóit, nóóit, nóóit bewust ontslag genomen!' was mijn moeders lichtelijk hysterische reactie.
Helaas ... Het was iets minder simpel dan mijn moeder dacht. Mijn pa had die middag 'navraag gedaan' bij dat uitkeringsbureau voor werklozen. Zij dachten niet dat hij 'in aanmerking' zou komen voor een uitkering. Omdat hij niet kon *bewijzen* dat hij ontslag had moeten nemen. Die afspraak stond namelijk nergens 'op papier'.
'Dan moet je zorgen dat het "op papier" staat!' schreeuwde mijn moeder. 'Ga naar die rotvent van een directeur en eis het!'
Onmogelijk ... Mijn vader kon niet naar zijn ex-baas om wat dan ook van hem te eisen. Die eikel zat in Zwitserland!

Mijn vader en zijn collega's waren er domweg ingeluisd. Hun directeur had een kuil gegraven en ze waren er – met open ogen! – in getrapt.
Die *loser* van een baas had alles stap voor stap in zijn zieke kop uitgedacht. Máánden moet hij bezig geweest zijn om iedereen er *smooth* uit te werken. Eerst bonjourde hij de druktemakers, de klagers en de werknemers met te weinig 'hart voor de zaak' het bedrijf uit. Om te voorkomen dat deze mensen dwars zouden gaan liggen tijdens de volgende fase van zijn plan: de verrotte fase waarin hij de overblijvers dwong om zelf ontslag te nemen. Zogenaamd om een nieuw contract te krijgen, maar in werkelijkheid om makkelijk van hen af te komen.

Maar waarom wilde die gast iedereen eruit werken? denk je waarschijnlijk. Waren de schulden dan zo hoog? Welnee! Achteraf bleek het helemaal niet slecht te gaan met het bedrijf. Dat was gelogen. Die 'rotvent van een directeur' wilde gewoon zonder veel gedoe van zijn bedrijf afkomen. Niet omdat het moest, maar omdat hij het wilde. Hij dacht alleen aan zichzelf. In Zwitserland had hij een nieuwe baan gevonden met een bizar hoog salaris. Dat was het enige dat hem interesseerde. Zijn trouwe personeel liet hij keihard vallen.
Toen zijn mensen – onbedoeld! – hun ontslag indienden, werkte die 'aardige' directeur allang ergens anders. Op een gegeven moment had het bedrijf dus officieel geen werknemers meer en kon het opgeheven worden. Zomaar, alsof het nooit bestaan had! Zelfs de meubels waren op 23 juni al verkocht. Serieus!

Onnozele ik wist niet dat er zulke mensen op aarde rondlopen. Het heftigste scheldwoord is nog te vriendelijk voor die eikel. En mijn pa had hem blind vertrouwd ...
Waarom loopt dat geval – nog steeds – vrij rond? Waarom wordt hij niet opgepakt? We hebben toch *duizenden* wetten en regels? Hoe kan het dan dat zo iemand doodleuk verdergaat met zijn leven?
Mijn vader is ervan overtuigd dat 'het recht zal zegevieren'. Om het recht een handje te helpen, heeft hij samen met zijn andere voor-de-gek-gehouden-ex-collega's een advocaat 'op de zaak gezet'. Met deze vrouw proberen ze, via de wet, die rotvent te laten boeten en de uitkeringsclub te laten betalen. Ik hoop dat het ooit lukt.
Liever zou ik dat leugenachtige, bedrieglijke stuk uitschot op een andere manier willen laten boeten. Wat harder en minder subtiel. Heb jij suggesties?

Crisis!

We konden niet gaan wachten tot die advocaat geld voor ons regelt. Tot nu toe heeft ze trouwens alleen geld gekost. Ooit komt er misschien een bak met geld onze kant op. Maar je leeft niet in de toekomst. Je leeft nu. Terwijl wij op die bak met geld wachtten, moesten we verder met ons leven. Maar er was onvoldoende geld om fatsoenlijk verder te kunnen leven ...

Ook al had mijn moeder haar werk als boekhouder en opvangjuf, ze verdiende in haar eentje te weinig voor al onze kosten. Van haar verdiende geld bleef niet veel over na het betalen van de hypotheek.
Gelukkig hadden we nog wat spaargeld, dus gingen we niet direct dood van de honger. Maar tot mijn vader zijn volgende salaris zou krijgen, moesten we als superzuinige krenten leven.
Mijn moeder: 'De komende periode kopen we uitsluitend noodzakelijke en functionele producten.'
'Zijn kaartjes voor de Efteling noodzakelijk en functioneel?' vroeg Anouk betweterig.
'Nee, meisje', zuchtte mijn moeder. 'Geen Efteling deze zomer. Totdat je vader een nieuwe baan heeft, kopen wij enkel en alleen zaken waar we absoluut niet zonder kunnen. Zoals eten en drinken.'
Anouk kreeg een driftaanval. 'Ik wil naar de Efteling! Ik wil naar de Efteling!'
Persoonlijk voelde ik me ook niet bepaald zen. Een driftaanval kreeg ik niet, want ik snapte het. Deze crisis was allesbehalve leuk, maar het was maar tijdelijk. Mijn vader

hoefde alleen maar even een nieuwe baan te vinden, en ons leven zou weer normaal worden. Toch?

Mijn vader ging als een gek solliciteren. Man, wat was-ie ineens actief! Binnen 24 uur van een stresskip-de-luxe tot een druk, ijverig mannetje. Wat een *change*!
Met een vastberaden blik in zijn ogen rende hij van uitzendbureau naar headhunter. En – vol zelfvertrouwen – belde hij naar alle architectenbureaus in Nederland én in Vlaanderen. Ik wist het zeker: hij zou snel een nieuwe baan hebben!

Bij ons thuis was mijn moeder niet langer de enige actieveling. Naast het solliciteren, stortte mijn vader zich op het huishouden. Nadeel: hij vond dat Anouk en ik 'ons steentje' moesten 'bijdragen'. Mijn vader: 'Jullie moeder werkt ongelooflijk hard. We kunnen haar niet opzadelen met het merendeel van het huishouden. Dat zullen wij moeten doen!'
Natuurlijk moesten we een beetje zuinig omgaan met mijn moeder. Zij mocht niet ziek of overspannen worden. Als zij zou uitvallen, dan zouden onze geldproblemen compleet dramatisch worden. Ik wilde best ergens mee helpen. Af en toe. Als ik tijd en zin had. Niet standaard *drie* keer per week het *hele* huis stofzuigen! Mijn nieuwe taakje ... *Yeah* ...
Voor het eerst in mijn carrière als puber moest ik de stofzuiger hanteren. En ik haatte het. Grondig.

Stofzuigen is nooit mijn hobby geworden. Mopperend deed (én doet) deze brave jongen het wel. Ik was heus niet te beroerd om 'mijn steentje bij te dragen'. Maar liever droeg ik dat 'steentje' op een andere manier bij. Door geld te verdienen! In de zomervakantie zou ík gaan werken, nam ik

me voor. Als mijn vader geen geld binnenbracht, dan zou ik het doen!
Een vakantiebaan vinden, was moeilijker dan ik verwacht had. Officieel mag een veertienjarige scholier bijna nergens werken. Na lang zoeken vond ik een baantje in 'de fruitteelt'. Zes weken iedere ochtend in de brandende zon of de stromende regen tussen de appelboompjes. De appelboompjes van boer Zuurpruim ...
De boer van wie Marco en ik vroeger appels jatten, werd mijn baas. Hoe toevallig wil je het hebben? Boer Zuurpruim genoot er duidelijk van om mij voor tweeëneenhalve euro per uur af te beulen. *No problem*! Die zomervakantie raakte mijn energie nooit op. Álles kon ik hebben. Door Maaike ...

Maaike werkte ook bij boer Zuurpruim! Hoe toevallig wil je het hebben?
Bijna zes weken waren Maaike en ik – en drie andere minderjarige werkers – iedere ochtend samen. De eerste week durfde ik mijn mond amper open te doen als Maaike in de buurt was. Maar ergens in de tweede week vertelde ik een mop waar zij dubbel van lag. Na dit 'succes' durfde ik rechtstreeks met haar te praten.
'Fiets je mee naar huis?' vroeg Maaike een paar dagen later.
'*Sure*', antwoordde ik stoer.
Geen idee hoe ik die dag thuisgekomen ben. Ik zweefde!
De volgende ochtend stond Maaike buiten met haar fiets op me te wachten. Op mij! Droomde ik? Vlug kneep ik mezelf hard in mijn arm. Dit was geen droom! *Yes*!
Voortaan fietsten Maaike en ik samen naar boer Zuurpruim en terug. De hele weg met z'n tweetjes! We praatten en lachten, en op de boerderij stopten onze gesprekken niet. Nee, dáár hadden we het niet over. Mijn gevoelens en zo voor haar hield ik voor me.

Maaike was nog perfecter dan ik dacht. Ik genoot gretig van haar en haar gezelschap. Mijn verliefdheid werd met de minuut heftiger. Nee, ik heb ook niks geprobeerd. Waarom zou ik mezelf belachelijk maken en onze beginnende vriendschap om zeep helpen? Zeg nou zelf, had ik een kans gehad? Zij was 16 en ik 14! Ik zag alle mannen hun nek verdraaien als zij langsfietste. Mooier dan zij bestaan ze niet. *Totally out of my league …*
Van een afstandje genieten, was geweldig genoeg voor mij.

Tot ik in de laatste week een beetje te veel genoot …
High van Maaike – die naast me op de tractor zat – mislukte het parkeren. *Big time*! Ik draaide de tractor te krap in en raakte mijn eigen fiets. Afgang!
Met het gereedschap van boer Zuurpruim kreeg ik mijn fiets weer aan de praat. Maar mijn ego bleef net zo gedeukt als mijn fiets. Zeker toen boer Zuurpruim meende dat ik 'te roekeloos' was. 'Liam, ik kan je hier niet langer gebruiken', zei hij sarcastisch. 'Jij brengt iedereen in gevaar. Zoek een baantje dat beter bij jou en je jonge leeftijd past.' Ja, verklein mijn minikansen bij Maaike nog wat meer …

Vernederd fietste ik – solo – op mijn krakfiets naar huis, legde mijn laatste loon op mijn moeders bureau en begon mega-onrustig rond te lopen. Bleef maar piekeren over Maaike. Had ik het voor altijd verpest? Waren we nog steeds vrienden of niet? Hoe kon ik opnieuw contact met haar krijgen?
Op een gegeven moment was ik zo gefrustreerd, dat ik het huis uit vluchtte. Ik rende weg. Weg van huis. Weg van de problemen. Agressief schopte ik containers omver en sprong over muurtjes. Na een halfuur draven, voelde ik me stukken rustiger.

De volgende dag sprintte onrustige ik weer het huis uit. Ook dit keer werkte het. Sindsdien ben ik een renner, een hardloper. Ik zou gek worden als ik niet af en toe weg kan rennen.

Die zomervakantie bleef mijn vader ook rennen. Druk, druk aan het solliciteren. Hij deed zijn stinkende best om een baan als technisch tekenaar te vinden.
Anouk deed met 'juf' moeder, 'meester' Bram en een clubje thuisblijfkinderen 'zomeractiviteiten'. De hele zomervakantie! Minstens *zestig* uur per week werkte mijn moeder als opvangjuf. Niet helemaal legaal en gezond, lijkt mij. De wallen onder haar ogen hingen bijna tot op haar knieën ...
Eerlijk is eerlijk, mijn moeder had één dagje vrij. Op 8 augustus, de verjaardag van mijn zusje.
Anouk vond het fantastisch om 10 jaar te worden. Denk niet dat ze doorhad hoe *low budget* haar verjaardagsfeest was. Haar cadeautje – een ketting – kwam rechtstreeks uit mijn moeders juwelenkistje, oma had de taart gebakken, mijn vader had – scheve – slingers geknipt, tante Aafke zorgde voor de hapjes (*of course* ...), opa voor de drank en er waren veel minder mensen dan anders uitgenodigd.
Hoe dan ook, Anouk vond haar feestje 'vet'. Daar had ik wel wat stress over gehad. Dat Anouk door onze geldproblemen geen echte verjaardag kon krijgen. Daarom had ik – van een deel van mijn eigen verdiende geld – een dure LEGO-boomhut voor haar gekocht. Waar ze hooguit vier keer mee gespeeld heeft ...

Toen ik de ochtenden nog samen met Maaike op de boerderij doorbracht, was ik 's middags zo hyper dat relaxen er niet inzat. Daarom verdiepte ik me in mijn moeders boekhoudprogramma en probeerde ik online klanten voor haar

te werven. Daar was mijn moeë moeder 's avonds te uitgeput voor.
Ik 'netwerkte' me suf en *niemand* had door dat hij of zij te maken had met een jongen van veertien. Het handige van social media is namelijk dat je iedereen kunt laten geloven dat je een vrouwelijke boekhouder van middelbare leeftijd bent.
Uiteindelijk regelde deze netwerker twee afspraken met 'potentiële cliënten' voor mijn ma. Een van die gesprekken leverde zelfs een nieuwe boekhoudklant op! *Go*, Liam!
En dat boekhoudprogrammaatje bleek supersimpel. Ik voerde voor mijn moeder dozen vol met bonnetjes in. Eitje!
En begin nu niet met gezeur over kinderarbeid! Ik wilde het zelf. Van mijn moeder hoefde ik het niet te doen. Zij was er wel onwijs blij mee. 'Wat bof ik met een zoon als jij!' juichte ze. Ik trots.
Ik bood ook aan om mijn pa te helpen. Online zou ik – gegarandeerd! – dé geschikte baan voor hem vinden. Maar mijn vader wilde geen hulp. 'Ik los mijn eigen sores op, Liam', beweerde hij.

Oké, nu lijkt het net alsof ik de ideale zoon was met al dat brave gewerk en gehelp. Onzin natuurlijk. Een groot deel van de zomervakantie was ik gewoon met mijn eigen dingen bezig. Met gamen en zo.
En naast het hardlopen, kreeg ik een nieuwe hobby: houtsnijden. Ben begonnen met een gevonden stuk hout en een mes uit de keukenla. Lekker in het zonnetje kunsten in de tuin. Terwijl Maaike – in bikini! – aan de andere kant van de schutting lag te bakken …
Verder ging ik vaak naar het voetbalveldje in onze wijk. Wat voetballen of chillen met de gasten die daar die dag waren.

Ook leuk: ministens één keer per week gingen we barbecueën bij mijn opa en oma.
Deze vakantie was dus een stuk minder eenzaam dan de meivakantie.

Na de vakantie begon ik aan mijn derde jaar als middelbare scholier. Met tweedehandskleren, een oude rugzak met een gat erin en een aftandse fiets. Een verpletterende entree ... *Not!* Wat een verschil met het jaar ervoor, toen Marco en ik crossend op de quad aankwamen ...
In de normale situatie zou mijn krakfiets vervangen zijn door een minder krakende versie. En was ik op de eerste schooldag van het jaar binnen komen lopen in een nieuw outfitje en met een spiksplinternieuwe rugzak om mijn schouder.
Dit keer had ik alleen 'nieuwe' kleren aan. Tweedehands troep dus. Uit Tiel. Op een zaterdag in de vakantie sleepte mijn moeder Anouk en mij mee naar die plaats. Om tweedehands kleren te kopen. Die kun je ook bij ons in de buurt kopen, maar dat deden we niet. In Culemborg zouden we mensen kunnen tegenkomen die we kennen. Voor schut! Je wilt natuurlijk niet dat bekenden doorhebben hoe arm je bent. Daarom fietsten we úren voor andermans gedumpte kleren. De auto mocht niet mee. Benzine is tenslotte duurder dan onze beenenergie.

Was doodsbang om het lachertje van de school te worden. Met mijn gebruikte kleren en die aftandse fiets. Om geen aandacht te vestigen op mijn krakfiets, parkeerde ik hem bij een flat in de buurt van mijn school. Het laatste stukje liep ik. Dat soort dingen vertelde ik mijn ouders nooit. Ze hadden zorgen genoeg.

Na een paar weken stond mijn fiets niet op z'n vaste plek bij die flat. Begon aan mezelf te twijfelen. Ik had hem daar toch neergezet? Of niet? Zeker een uur liep ik te zoeken. Nergens vond ik 'em. Wat denk je? Gestolen! Welke achterlijke dief steelt een piepende gedeukte fiets?
Met mijn vader ging ik naar het politiebureau om aangifte te doen. Daar moest ik per se vertellen *waar* mijn fiets gestolen was. Zo kwamen mijn ouders – helaas – achter mijn geheime fietsstallingsplaats. Het ergste was dat ze niet kwaad op mij waren. Ze waren kwaad op zichzelf ... Waarom? *Zij* hadden hun fiets niet in een onveilige buurt gestald.
Nou, niemand kon mij nog pesten met mijn krakfiets. Ha, ha, ha. Voortaan kon ik het hele eind naar school lopen. Wat een vooruitgang ...

Nieuwe spullen wilde ik! Een nieuwe fiets. Een nieuwe rugzak. Nieuwe kleren. En vaker vlees op mijn bord. Kortom: terug naar mijn oude leven. Wanneer vond mijn vader nou eindelijk een baan? Maandenlang solliciteren en niet één serieus sollicitatiegesprek. Overal werd hij afgewezen. Niemand had behoefte aan een technisch tekenaar boven de veertig. Alle tekenbanen gingen naar jongere exemplaren. Sneu voor mijn pa. Maar ook steeds sneuer voor ons allemaal!
Arm zijn begon me aardig te irriteren. Vooral toen mijn telefoon het begaf. Ik had geen geld voor een andere en van mijn ouders hoefde ik geen bijdrage te verwachten. Als enige op school had ik geen telefoon ... Welke puber heeft er nou geen telefoon?
We leefden in het stenen tijdperk! Hoelang moest ik dit verdragen?
Niet lang. Een paar dagen nadat mijn telefoon het begaf – ergens eind september – begaf ook onze wasmachine het.

Nadat de reparatieman fluitend vertrokken was met een briefje van honderd(!) euro in zijn hand, knapte mijn ma. Ze begon vellen vol te schrijven met berekeningen. Geen idee wat ze allemaal berekende. De conclusie was duidelijk. We moesten ons 'aanpassen aan de nieuwe situatie'. Hoezo aanpassen? Waar waren we mee bezig dan? Feestvieren? Ik wilde me liever aanpassen aan de oude situatie. Die nieuwe situatie kon, wat mij betreft, door de plee gespoeld worden!

Ik had vette pech. We moesten nóg minder gaan uitgeven en manieren zoeken om aan meer geld te komen. Ons spaargeld raakte namelijk op.
Als de regering ooit iemand nodig heeft die pas goed weet hoe je alles wegbezuinigt wat je lief is, dan moet ze hier eens langskomen. Mijn moeder kwam met een 'pakket aan maatregelen', waar ze zelfs in Den Haag stil van zouden worden.
Mevrouw de schrijver? Start een volgend hoofdstuk. Dit wordt nachtwerk!

Centen schrapen

R*ight* … Het gaat me echt niet lukken om al onze 'bezuinigingsacties' op te noemen. Te veel. Veel te veel. En sommige ben ik allang vergeten. Van die manieren om wat centen te besparen, die mij weinig boeiden. Zoals een ander – goedkoper – wasmiddel of geen bloemetje van de markt op zaterdag meer.

Voor jou zou het ook megasaai zijn om werkelijk álle besparingen aan te moeten horen. Dan had dit boek beter *Bezuinigen voor dummies* kunnen heten. Ik zal je de heftigste bezuinigingen vertellen. Voor mij de heftigste dan. Mijn ouders of zusje kunnen er andere ideeën op nahouden. Misschien vond mijn ma het opgeven van haar dure antirimpelcrème wel de allergrootste besparingsramp.

Een aantal bezuinigingen vertelde ik je eerder: lopend naar school gaan, tweedehands troep dragen, enzovoorts. Het centen schrapen begon natuurlijk niet op wasmachinerampdag. Maar vanaf die dag werd het allemaal nóg verschrikkelijker.

Ik kreeg geen zakgeld meer! Met een stalen gezicht kondigde mijn moeder een 'zakgeldstop' aan.

Kwaad vroeg ik: 'Hoe moet ik nu sparen voor een nieuwe telefoon?'

Mijn moeder: 'Als je dringend iemand wilt spreken, dan mag je met de huistelefoon bellen.'

'Bellen? Waarom zou ik willen bellen?' wilde ik weten.

'Je wilt toch een telefoon om te kunnen bellen?' vroeg mijn moeder. Zucht … Bejaarden en techniek …

Ik: 'Laat maar. Ik zorg zelf wel dat die *phone* er komt. Ik ga zelf wel weer geld verdienen.'
Een baantje – folders rondbrengen – had ik snel gevonden. Erg rijk werd ik niet van het rondslepen met die reclamefolders. Ik verdiende iets van vijf euro per week. Even doorsparen dus.

Dat sparen duurde me te lang. Ik wilde een nieuwe telefoon! Liever gisteren dan vandaag. Daarom probeerde ik – naast het rondbrengen van folders – op andere manieren aan geld te komen. Online bood ik mijn diensten aan als sterke boodschappensjouwer, betrouwbare hondenuitlater, ervaren tuinman, bekwaam netwerker en vriendelijke kinderoppas. Ik kreeg een hoop vage reacties. Er zaten weinig serieuze klanten tussen. Eigenlijk maar één. Mijn oma ... Van haar kreeg ik af en toe wat geld als ik in haar tuin werkte of haar boodschappen droeg.
Lief van mijn oma natuurlijk, maar die telefoon kwam er zo niet. Zeker niet toen we met school een dagje naar Rotterdam gingen ... Mijn ouders vonden de eigen bijdrage van dertig euro voor deze trip te hoog. Mijn moeder: 'We hebben geen geld voor extraatjes. Blijf maar lekker thuis.'
Maar ik wilde helemaal niet 'lekker' thuisblijven! Ik wilde niet zo'n sneu geval zijn dat nooit meegaat met uitstapjes en zo. Ik wilde niet anders zijn dan de rest. Ik wilde ook naar Rotterdam!
Gefrustreerd besloot ik de trip naar Rotterdam zelf te betalen. Dag telefoonspaargeld! En het was niet eens leuk ... We zaten de hele dag in een *kunstmuseum*.
Telkens had ik mijn telefoonspaargeld voor andere dingen nodig. Dan werd ik bijvoorbeeld voor een verjaardag uitgenodigd en moest ik van mijn zuurverdiende centen een

goedkoop prulcadeau kopen. Kon moeilijk zonder cadeau bij de jarige aankomen.
Vaak moest ik een smoes verzinnen omdat mijn geld op was. Zoals: 'Ik kan morgen niet met jullie naar de schaatsbaan, omdat we naar familie in Zuid-Limburg moeten.' Of: 'Ik kan niet mee met de schoolreis naar Londen, want dan zijn mijn opa en oma 45 jaar getrouwd.'
Je wordt kampioen liegen als je arm bent …

Vind me niet zielig! Dat verdraag ik niet. Niet alle bezuinigingen waren even rampzalig als de zakgeldstop. Sommige besparingsmaatregelen waren simpelweg briljant.
Zo hoefde ik nog maar één keer per week het hele huis te stofzuigen. Joehoe! Hierdoor verbruikten we – ik – minder energie en hadden we – ik – minder dure stofzuigerzakken nodig. Ik was meteen een groot fan van deze nieuwe maatregel.
Mijn moeder was absoluut geen groot fan van deze maatregel … Zij wil het liefst het kleinste kruimeltje *onmiddellijk* verdelgen. Nu ze de stofzuiger niet meer voor iedere rondslingerende haar mocht gebruiken, werden de blik en veger verlengstukken van haar armen. De hele dag rende ze met die blik en veger door het huis. Het bleef – blingbling! – megaschoon. Vroeg me af voor wie ze al die moeite deed. Voor het bezoek dat nooit kwam? Bezoek kregen we nauwelijks. Dat kost namelijk geld (eten, drinken). Op bezoek gaan ook (autoritje, bloemetje). Daarom gingen we steeds minder vaak weg.
Trouwens, een aantal mensen dacht dat het persoonlijk was. Dat wij ze niet wilden zien of zo. Zij hadden niet door dat er iets anders speelde. Op zich niet vreemd. Wij vertelden tenslotte niemand iets. Resultaat: er sneuvelden heel wat oude vriendschappen. Lekker goedkoop …

De briljantste besparing vond ik mijn pa's sigaren. Waarschijnlijk omdat ík de geniale uitvinder van dit idee was ☺
Vóór wasmachine-rampdag had mijn vader de smerige gewoonte om na het avondeten een 'sigaartje op te steken'. Hadden we net heerlijk gegeten, begon hij de lucht in de kamer te verzieken.
Sigaren zijn geen eerste levensbehoefte. Totaal niet! 'Weg met die sigarenzooi!' riep ik, toen mijn moeder me vroeg of ik nog meer bezuinigingen kon verzinnen.
Mijn moeder reageerde niet bepaald enthousiast. (Welke moeder is nou niet blij als haar kinderen roken vies vinden?) 'Je vader heeft het zwaar. Roken is zijn laatste pleziertje. Dat pakken we hem niet af', was haar reactie.
Absurd! Hoezo pleziertje? Roken is een walgelijke verslaving! Mijn moeder en ik kregen ruzie. Mijn vader kwam vragen wat er aan de hand was. Toen hij mijn logica hoorde, was hij het roerend met mij eens. Voortaan waren we verlost van dit stinkende pleziertje. *Yes*!

Mijn vader was niet de enige die zijn pleziertje moest opgeven. Niemand van ons hield veel plezierigs over.
Drama: ik moest stoppen bij de voetbalclub. Vanaf mijn vierde voetbalde ik daar al! Mijn moeder: 'Zie het als een win-winsituatie. Het is niet alleen een ordinaire kostenbesparing, Liam. Stoppen heeft ook een groot voordeel. Het levert je extra tijd op, die je kunt besteden aan je huiswerk. Zodat je niet weer met de hakken over de sloot overgaat.'
Krankzinnige redenatie!
Mijn moeders stompzinnige gebazel negeerde ik. Ruziemaken had weinig nut. Ik moest stoppen. Punt.
Zodra ik gestopt was, miste ik mijn voetbalcluppie. Jarenlang trainde ik twee keer per week met mijn voetbalmaten, en op zaterdag hakten we een ander team in de pan. Samen

vechten tot de laatste zweetdruppel. Op sommige dagen vlógen we over het veld. Kicken ...
Natuurlijk lukt dat zweten met hardlopen ook wel. Maar dan is het niet 'wij tegen de rest'. Eerder 'ik tegen de rest'. In mijn klas zitten twee jongens uit mijn oude voetbalclubpie. Ik voel me een *outsider* als ze het over de club hebben. 'Balen dat je voor hardlopen gekozen hebt', zeggen ze weleens. *Sure*, gekozen ...

Mijn zusje is a-sportief. Geen enkele sport heeft ze ooit willen proberen. Anouk wilde maar één ding: pianospelen. Voor haar zevende verjaardag kreeg ze van tante Aafke een oude elektrische piano. Op die piano heeft Aafke vroeger zelf muziekpogingen ondernomen. Volgens mijn moeder 'niet onverdienstelijk'. Bagger dus.
Anouk ging op pianoles en bleek – anders dan haar tante – een soort van wonderkind. Ze pingelde erop los!
Na wasmachine-rampdag moest ons wonderkind stoppen met pianoles. Te duur. Anouk ging volledig uit haar plaat: ze schreeuwde, krijste en sloot zichzelf op in haar kamer. Ook haar pianoleraar ging volledig uit zijn plaat. Hij stuurde een boos mailtje, waarin hij verklaarde 'honderden klunzen les te geven' en 'dat het wrang is om juist de enige die er positief uitsteekt, te verliezen'.
Het was moeilijk om mijn zusje zo ongelukkig te zien. En daarnaast: misschien is ze echt een muzikaal wonder. Talenten moet je benutten. Toch? Ik moest ingrijpen!
Ik besloot te reageren op het mailtje van Anouks pianoleraar. Zonder het mijn ouders te vertellen, want die hadden het nooit goedgekeurd. ('Je hangt de vuile was niet buiten!')
In mijn mailtje vertelde ik over onze situatie. Zou hij het begrijpen? Hij begreep het helemaal! De man is een topgozer! Als ik later rijk ben, dan koop ik een dure vleugel voor

hem. Hij ging Anouk namelijk *gratis* lesgeven! Waar kun je een betere *deal* krijgen?
Mijn ouders vonden mijn actie 'hondsbrutaal', maar de *deal* accepteerden ze direct ...

Gratis pianolessen kon ik fiksen voor mijn zusje. Maar het ging wat ver om de Donald Duck een zielige mail te sturen toen mijn ouders het abonnement opzegden. We hadden stápels oude stripblaadjes. En Anouk kon ook naar de bibliotheek. Daar hebben ze kasten vol met strips en ander leesvoer. Keus ge-noeg.
Anouk vond – *surprise, surprise* – dat niemand het zwaarder had dan zij, en we werden getrakteerd op een verse driftbui. Door zelf keihard te gaan stampen en schreeuwen dat hij zijn krant wilde houden, lukte het mijn vader om haar stil te krijgen. Best snugger, niet?

Bijna alle leuke dingen werden uit ons leven geschrapt. Geld voor uitstapjes, snoep, chips, toetjes, Netflix en coole sneakers was er niet.
De dingen waarmee we niet konden stoppen, gingen we goedkoper doen. Een stuk goedkoper. Eerst waren we bijvoorbeeld verzekerd tegen alles. Of is het *voor* alles? *Whatever*, niet belangrijk. Wat ik wilde zeggen, is dat we alleen de verplichte verzekeringen hielden.
Voordeel: zonder tandartsverzekering hoef je nooit meer naar de tandarts. Dat vond ik pas een win-winsituatie! Tot mijn moeder – drie maanden later – kiespijn kreeg en verging van de pijn. Van pure ellende heeft ze toen haar kies laten trekken. Was goedkoper dan repareren.

Ons eten bereikte een culinair dieptepunt. In een gemiddeld tankstation is de kwaliteit van het voedsel honderd

keer beter. Man, wat een belabberde prakjes moest ik naar binnen schuiven. Ondefinieerbare troep uit blik en apart ruikend spul dat over de datum was. En nóg minder vlees ... De biologische en fairtrade principes van mijn moeder verdwenen samen met ons geld. Het is makkelijker om dat soort principes te hebben als je geld hebt. Als je arm bent, heb je maar één basisprincipe: overleven.
Mijn pa werd onze 'voedselspeurneus'. Van hot naar her fietste hij om producten zo voordelig mogelijk te kopen. Met de goedkoopste rommel kwam hij thuis.
Woef – onze weinig talentvolle hond – had het niet minder zwaar. Pas na drie(!) dagen nam hij – compleet uitgehongerd! – een hapje van zijn nieuwe *JammieJammie-brokken*. Jammie ...
Gelukkig kregen we iedere vrijdagavond een fatsoenlijke maaltijd bij opa en oma. Met verse groente, vlees van de slager en een toetje. Ik lééfde voor deze maaltijden!

De energiebesparing stopte trouwens niet bij de stofzuiger. De thermostaat ging lager. Standje Eskimo. Brrr ...
Terwijl het buiten kouder werd, werd het binnen ook steeds kouder. Bibberend en verkouden liepen we die herfst en winter door het huis. Vaak had ik twee truien over elkaar aan. En op onze krakbank kroop ik onder een deken.
Niemand van ons ging na tien uur 's avonds naar bed. Want stipt om tien uur draaide mijn vader de thermostaat terug naar 10 graden. Middeleeuws!
Als we – zo'n één keer per maand – bezoek kregen, dan werd de verwarming iets hoger gezet. Tenslotte mocht niemand weten dat we door geldgebrek kou moesten lijden.
Arm zijn is ontzettend vermoeiend. Letterlijk! Energieslurpende apparaten en machines werden verbannen. Wij namen hun werk over.

Anouk en ik kregen er een uiterst irritante taak bij: afwassen. Vroeger maakten we alleen gebruik van het afwasteiltje op de camping. Stonden Anouk en ik ineens elke avond te soppen en te drogen. Onze energie was goedkoper dan die van de afwasmachine.
Bespaar geld, mensen! Laat je kinderen het werk doen! Risico: de sfeer in huis daalt tot onder het vriespunt. (En we hadden het al zo koud ...) Anouk en ik waren namelijk niet uitzonderlijk blij met deze extra taak. En onze wie-mag-er-afwassen-en-wie-moet-er-drogen-ruzies maakten het afwassen helemaal tot een feest. Het ideale afwasteam zullen mijn zusje en ik nooit worden.

Pas als je moet bezuinigen, merk je hoeveel elektrische dingen je eigenlijk gebruikt. Denk aan een elektrische tandenborstel of een föhn. Of de tv!
Zodra ik de woonkamer inliep, zette ik altijd gelijk de tv aan. Tegen de stilte. Voortaan bleef het stil. Oorverdovend stil.
Nee, onze oude energievretende tv werd niet het huis uitgegooid. Pfff ... Maar vóór acht uur 's avonds mocht niemand van ons tv-kijken. Hierdoor kon ik nog maar maximaal *twee* uur per dag voor de tv hangen!
Erger, die paar trieste uurtjes moesten we ook nog eens *samen* kijken. Mijn vader wilde het journaal zien, mijn moeder een hysterische jankfilm, Anouk een kleuterprogramma en ik sport. Je wilt niet weten hoeveel ruzie we gemaakt hebben over de tv-programma's die we per se wel of per se niet wilden zien ...
Moest niet alleen afkicken van de tv. Ik mocht niet meer gamen! Help!
Mijn moeder: 'Elektronica gebruiken we verstandig. Voor werk of school. Niet voor spelletjes of ander vermaak.'

Welke jongen van 14 kan er een dag zonder gamen? Deze jongen niet. Wat moest ik met al die tijd die ik normaal gamend doorbracht? Huiswerk maken?
Als ik thuis niet mocht gamen, dan deed ik het toch gewoon op school. Wat jij? De meeste kinderen doen op de schoolcomputers hun huiswerk en thuis de leuke dingen. Ik ging het precies andersom doen.
Weet je wat het rare was? Nee, natuurlijk niet! Je hoort mijn verhaal voor het eerst. Het rare was dat mijn klasgenoten dit 'cool' vonden. Die idioten dachten dat ik een of andere stoere rebel was. Zo'n gast, die schijt heeft aan alles en iedereen en doet waar hij zelf zin in heeft. Hoe bizar is dat?

Zit ik uit armoede op school te gamen, word ik populair. Je hoort mij natuurlijk niet klagen, vreemd vond ik het wel. Iedereen wilde opeens met mij – 'de coole gast' – omgaan. Ik werd overal en nergens uitgenodigd. Groot voordeel: kon ik bij anderen de nieuwste games spelen en de koelkast plunderen.
Op school of na schooltijd was ik nooit alleen. Voelde me wel eenzaam. Ze wilden met mij omgaan, omdat ze dachten dat ik iemand anders was. Het ging ze niet om mij, de echte Liam. Snap je? Ik speelde een rol. De rol van 'Liam, de coole gast'.
Relaxed was ik nergens. Voortdurend was ik bang om ontmaskerd te worden als arm joch en zo het pispaaltje van de school te worden. Wanneer iemand naar mijn huis wilde komen, dan wist ik niet hoe snel ik mijn 'vriend' moest dissen.
Een sul als ik, die als enige van mijn klas geen telefoon had en in de pauzes braaf zijn zelfgesmeerde boterhammetjes opat, moet constant blijven opletten. Een bijzonder vermoeiende business.

Tot nu toe heb ik je allemaal vrij logische bezuinigingen verteld. Achteraf gezien waren niet al onze besparingen even logisch. Sommige waren zelfs ronduit smerig.
Het toppunt van vunzigheid was de wc-doorspoel-bezuiniging. Een poging om water te besparen. Hierbij zetten we emmertjes in de gootstenen. Het gebruikte water liep dus niet weg door het putje, maar kwam in de emmertjes terecht. Met dit water spoelden we vervolgens de wc door. Een hele opgave! En het leek vaker fout dan goed te gaan. Omdat iemand per ongeluk toch de wc op de normale manier doortrok. Of omdat het grootste deel van het doorspoelwater naast de wc belandde. We bleven dweilen …

Dankzij onze wc-doorspoel-bezuiniging heeft mijn tante een trauma. Aafke ging een keer bij ons naar de wc. Op zich niet gek, als ze tenminste niet was gaan gillen. 'Aafke gilt!' schreeuwde mijn moeder. Alsof niet heel Culemborg haar gehoord had …
Vlug holde mijn moeder naar de dichte wc-deur. Ze probeerde door de deur heen met haar zus te praten. Wat niet makkelijk was, want Aafke was totaal in paniek. 'Ik heb wormen! Ik heb wormen!' blèrde ze.
Mijn vader had de telefoon al in zijn hand om de hulpdiensten te alarmeren, toen Anouk begon te lachen. 'Het is spaghetti! Het is spaghetti!' hikte ze tussen het lachen door.
Wat bleek? In onze pleepot dreven inderdaad geen wormen of andere enge beestjes, maar stukjes spaghetti. De vorige avond hadden we spaghetti gegeten. Waarschijnlijk waren er wat sliertjes in een doorspoelemmer beland. Bij het 'doorspoelen' waren deze slierten in de wc-pot achtergebleven. Aafke was dus volkomen gezond.
En stopten we na Aafkes wormenstress met deze gore waterbesparing? *Nope*! Iets van een halfjaar hebben we lopen

knoeien met emmertjes water. Voor niks! Want kraanwater is spotgoedkoop. Met ons geknoei bespaarden we nauwelijks geld. Toen we dat doorkregen, zijn we gekapt met deze vunzigheid.

Mijn moeders was-besparingsoplossing was iets minder vunzig. Een héél piepklein beetje minder vunzig ...
Gedragen kleren mochten alleen in de wasmand als ze ongelooflijk stonken of supervies waren. Een vlek was geen reden om een kledingstuk in de wasmand te gooien. Vlekken konden er afgepoetst worden. Roken kleren 'wat onfris', dan hoefden ze ook niet meteen de wasmand in. Mijn moeder hing ze dan buiten 'te luchten'.
Had ik vroeger een broek hooguit twee dagen aan, na wasmachine-rampdag mocht hij pas na zeven(!) dagen in de was. Je begrijpt dat ik geen zeven dagen achter elkaar dezelfde broek aan kon doen. Sociale zelfmoord! Daarom bedacht ik een ingenieus kleren-roulatie-systeem. Zo zagen ze me op school in drie verschillende broeken per week en leek het of ik iedere dag een schoon shirt of een schone trui aanhad. Een meesterlijke zet! Niemand heeft me ooit kunnen betrappen.

Naast de logische en minder logische bezuinigingen werd zowat de helft van onze spullen verkocht. Om meer leefgeld te krijgen. Ons spaargeld was namelijk bijna op.
De vakantie-uitrusting verdween als eerste uit ons huis. Wat hebben arme drommels tenslotte aan een campingtafel, campingpannen of een caravan? Op vakantie gingen we voorlopig zeker niet.
Toen onze luxe caravan de hoek om reed – weg van ons – kon ik wel janken. Dag goede oude tijd! Met onze caravan

leek ons oude leven voorgoed te verdwijnen. Een leven vol gezelligheid en plezier. Een leven zonder zorgen.

Na de campingspullen verkochten we de ijsmachine, de wasdroger, boeken, het 'goede servies', sieraden, speelgoed enzovoorts, enzovoorts.
Mijn moeder had er een halve dagtaak aan. Soms zat ze dagenlang berichten op en neer te sturen over een Sesamstraat-kwartetspelletje voor één eurootje.
Mijn moeder: 'Ach, het levert wat geld op en het huis wordt een keertje van boven tot onder opgeruimd.'
Tuurlijk, mam ... Alsof ons huis een opruimbeurt nodig had ... De gemiddelde operatiekamer is rommeliger en viezer dan ons brandschone huis. Je kunt zo een openhartoperatie op onze keukenvloer uitvoeren. Jammer dat je een keuken niet als operatiekamer mag verhuren ...

Zal je verder niet vervelen met ons centengeschraap. Het komt allemaal op hetzelfde neer: alles wat niet strikt noodzakelijk was, werd geschrapt. Ons leven werd grijs, koud, en saai.
Ik snapte dat mijn ouders niet voor de lol terug naar de prehistorie wilden. Maar erg enthousiast werd ik er niet van. Eerlijk gezegd werd ik wat ... euh ... ongeduldig. Wanneer zou alles weer normaal worden? Mijn vader zocht al extreem lang naar een nieuwe baan. Waarom had hij nog geen baan gevonden? Hoe moeilijk is dat nou helemaal?

Rampwinter

Waarom hebben we geen rijke familie die ons kan helpen? Deze vraag spookte vaak door mijn hoofd. Opa en oma (uit Culemborg) en tante Aafke wisten – als enigen! – hoe beroerd onze bankrekening eruitzag. Zij deden voor ons wat ze konden. Lief, maar hun hulp verbeterde onze sneue situatie niet echt. Het zijn nou eenmaal geen vermogende grootgrondbezitters die bakken met geld kunnen missen. Mijn opa en oma hebben alleen hun AOW en Aafke werkt in de bibliotheek 'voor een hongersalaris'. (Een *honger*salaris? Hoe komt ze dan toch zo dik? Vaag ...)
Onze familie in Zuid-Limburg had totaal niks door. Mijn vader wilde niet dat zijn ouders of broers wisten hoe hij ons 'in het ongeluk gestort' had. Geen enkele keer heeft hij ze om hulp gevraagd. Zijn trots en schaamte zaten in de weg. Niemand van de familie in Zuid-Limburg besefte daarom dat wij langzaam verzopen in onze ellende ...

Op een avond, vlak voor de kerstvakantie, hoorde ik mijn moeder tegen mijn vader zeggen: 'Er zijn alweer twee cliënten overgestapt naar Money. Onze inkomsten dalen opnieuw. Het geld raakt op, lieverd! Tegen de lente zullen we de hypotheek van ons huis niet meer kunnen betalen.'
'Dan worden we uit ons huis gezet!' reageerde mijn vader met paniek in zijn stem. 'We moeten verder bezuinigen!'
'Ik zou niet weten waarop', zei mijn moeder zuchtend. 'Alle mogelijke bezuinigingen hebben we doorgevoerd en alle waardevolle spullen hebben we verkocht.'
'Niet alle!' riep mijn vader. 'De auto niet!'

‘En wat als je een auto nodig hebt voor je toekomstige baan?’ vroeg mijn moeder.
‘Tja …’ was mijn vaders antwoord.
Mijn ouders besloten de verkoop van onze oude auto uit te stellen tot februari. Als mijn vader vóór februari geen baan had, werd de auto te koop aangeboden. Dan hadden we weer een paar maandjes leefgeld. Totdat …

Vette crisis! We hielden het niet vol!
Als we zo door bleven sukkelen, dan zou de bank ons uit ons eigen huis zetten. Dan konden we voortaan bij opa en oma op de bank of onder een brug gaan slapen.
Tot in de laatste vezel van mijn lijf drong het besef door: mijn vader *moest* een baan vinden! Geen tijd te verliezen! *Mayday*! SOS!
Hier ging ik werk van maken!

Ik maakte helemaal nergens werk van, want Anouk werd ziek. Ze kreeg koorts. Hele hoge koorts. Slap lag ze in bed te hoesten en te hoesten. Longontsteking.
Volgens de huisarts was het ‘een verwaarloosde verkoudheid, die door herhaalde blootstelling aan kou bacterieel geworden’ was. Onze huisarts dacht dat Anouk te vaak en te lang buiten speelde in de kou. Wij wisten wel beter …
Ons nerdje zit het liefst binnen met haar neus in een boek of achter de piano. Ze was zwak geworden door de kou *binnen*, het slechte eten, de stress. Door onze armoede dus. Onze ‘geweldige leefstijl’ had ervoor gezorgd dat het lichaam van Anouk niet eens een simpele verkoudheid kon tackelen.

Ik was boos. Op mijn ouders, omdat ze niet goed voor mijn zusje gezorgd hadden. En op mezelf, omdat het mij had

moeten opvallen. Maar ik had geen aandacht voor mijn zusje gehad. Sterker, ik was nauwelijks thuis geweest. Te druk met mijn nieuwe rol als 'coole gast'.
Megaschuldig voelde ik me. Van mijn zelf verdiende telefoonspaargeld kocht ik vitamine C-pilletjes en een dikke wollen trui. Voor mijn zielige, kleine zusje.
Tijdens de kerstvakantie ging ik amper het huis uit. Uren zat ik naast het bed van mijn zieke zusje. Ik las haar voor, voerde haar, maakte haar aan het lachen en hield haar ondertussen scherp in de gaten. Ze moest beter worden!
Mijn moeder had ook ontzettend veel last van schuldgevoelens. Zij rende de benen uit haar lijf om mijn zusje zo perfect mogelijk te verzorgen. Tijdens de kerstvakantie had mijn ma het zwaar. Ze wilde voor haar dochter zorgen, maar dat ging niet. Als 'oppasjuf' moest zij voor andere kinderen zorgen.

En mijn pa? Verzorgde hij mijn zieke zusje? Absoluut niet! Door de shock van Anouks longontsteking ging hij terug naar af. Terug naar zijn oude hobby: bankstaren.
Nog een geluk dat ik een groot deel van Anouks ziekte vakantie had. Kon ik er in ieder geval voor haar zijn. Want aan mijn vader had ze niks. Terwijl mijn moeder en ik Anouk hielpen en probeerden ons gezin uit deze nieuwe crisis te slepen, kwam mijn vader niet van de krakbank af. Een stresskip-de-luxe 3.0.
Wekenlang zat mijn vader opnieuw voor zich uit te staren. Hij solliciteerde niet meer. Hij deed geen boodschappen meer. Hij scheerde zich niet meer. *Niks* deed hij meer! Hij kon niet eens het fatsoen opbrengen om voor zijn eigen doodzieke dochter te zorgen!

Je zult begrijpen dat ik pisnijdig op mijn vader was. Wat ben je voor een man als je je eigen gezin niet helpt?
Letterlijk álles probeerde ik om hem van die bank af te krijgen. Ik probeerde het vriendelijk: 'Pap, zou je me misschien kunnen helpen met het opmaken van Anouks bed?' Iets minder vriendelijk: 'Pap, maak jij Anouks bed op?' En onvriendelijk: 'Pap, nu van die krakbank af en Anouks bed opmaken!'
Mijn vader leek mij niet te horen of te zien. Ik kon praten, schelden, duwen, trekken. Niets hielp! Als een zombie bleef hij zitten staren. Zonder iets te zien. Volledig opgesloten in zijn eigen hoofd. Wij konden hem niet langer bereiken.

Een crisissituatie kan je ouders veranderen in heel andere wezens.
De vorige keren dat mijn vader in zijn stresskip-de-luxe-fase zat, was mijn moeder een en al begrip voor haar 'lieverdje'. Deze keer niet. Zijn vreemde houding was ze plotsklaps spuugzat. Niet onlogisch, zij werkte zich kapot en hij deed niks anders dan zitten en staren.
Mijn gefrustreerde moeder begon mijn vader de huid vol te schelden. Avond na avond ging ze tegen hem tekeer. Gezellig ... En zinloos! Het hielp allemaal geen fluit. Mijn vader was net een wassen beeld. Hij vocht niet eens terug! Argh! Om gek van te worden!

We waren dus niet alleen straatarm met een financieel drama als toekomst, we waren ook niet echt een gezin meer. Iedereen zat in zijn of haar eigen wereld. Verschrikkelijke tijd.
Ik kreeg extreem veel last van de stress: sliep slecht, was nerveus, kon me nergens op concentreren en had vaak last van hoofdpijn. Iedere middag rende ik zeker twee uur alsof

er een leeuw achter me aanzat. Het hielp niet. Ik kreeg een bijzonder goede conditie, dat wel, maar de stress ging mijn lichaam niet uit.

Gelukkig werd Anouk beter. Een paar weken later was ze zelfs gezond genoeg om naar school te kunnen. Die crisis was voorbij!
Maar hoe zou het aflopen met de crisis van mijn ouders en onze financiële crisis?

Droombaan

De stresskip-de-luxe 3.0 zat eind januari nog steeds op onze krakbank te staren. Ondertussen negeerde iedereen hem. Ook mijn moeder. Wat konden we anders? *Niemand* drong tot hem door. We hadden het opgegeven. Voor ons was mijn vader een soort meubelstuk geworden.

Op een avond zaten mijn moeder, Anouk en ik aan tafel stamppot – zonder vlees – te eten. Mijn pa zat op de krakbank met zijn bord op schoot. Ongeïnteresseerd prikte hij wat met zijn vork in zijn prakje.
Met tranen in haar ogen zei mijn moeder dat er 'drastische maatregelen' genomen moesten worden.
'Waarom?' vroeg Anouk betweterig.
'Omdat ons geld bijna op is', antwoordde mijn moeder zacht.
'We kunnen de auto toch nog verkopen?' stelde ik voor.
'Ja, laten we dat maar doen', knikte mijn moeder. 'Het ziet er niet naar uit dat jullie vader die binnenkort voor zijn werk nodig zal hebben.'
'En wat als het autoverkoopgeld ook op is?' vroeg ik met een misselijk gevoel in mijn maag.
Toen begon mijn moeder te huilen ...

Mijn moeder huilde wanhopig, en mijn vader bleef sullig voor zich uit zitten staren. Totaal geen reactie! Ons leven stortte in en hij knipperde niet eens met zijn ogen.
Opeens had ik het helemaal gehad met die man! Woedend sprong ik overeind, griste het bord van zijn schoot, smeet het tegen de muur en schreeuwde: 'Als je niks doet, krijg je niks te eten!'

Sloom draaide mijn moeder zich naar mij om. 'Liam,' zei ze met schorre stem, 'je vader is … ziek. In zijn hoofd. Met schreeuwen krijgen we hem niet terug. Ik probeer professionele hulp voor hem te regelen. Een plek voor hem te vinden. Maar er is een wachtlijst.'

Ik: 'Een plek? Waar?'

'In een inrichting', antwoordde mijn moeder.

'Een inrichting?' blèrde Anouk. 'Wat is een inrichting?'

Ik: 'Een gekkenhuis.'

'Is papa gek?' vroeg Anouk met grote ogen.

'Kijk hem daar nou zitten, Anouk! Is dat normaal? Goed idee, mam, sluit die gek maar op. Kun je een fatsoenlijke vent zoeken!' was mijn onsubtiele antwoord. Vind je dit hard? Wat zou jij dan zeggen tegen een vader die niet schijnt te beseffen dat je bestaat?

Mijn moeder had onvoldoende puf om me streng toe te spreken of te straffen. Ze keek me even kort aan, zuchtte en stond op om de stamppot van de muur te schrapen.

'Mam?' vroeg ik. 'Kunnen we niet iets verzinnen? Iets waardoor we uit dat financiële gedoe komen?'

'Ja, mama!' gilde Anouk. 'We verzinnen iets slims! Ik weet iets! Laten we de loterij winnen!'

'Domste plan *ever*!' merkte ik op. 'Je hebt een grotere kans om door de bliksem geraakt te worden dan dat je de loterij wint.'

'Verzin zelf dan wat beters!' reageerde Anouk beledigd.

Ik: 'Nou, binnenkort word ik 15. Dan kan ik een andere bijbaan nemen. Een baan die meer …'

'Uitgesloten!' bepaalde mijn moeder. 'Jij concentreert je op school! Geld verdienen voor ons gezin is mijn taak. Ik los dit op!'

'Maar hoe dan?' vroeg ik.

Mijn moeder: 'Bij Money zoeken ze boekhouders. Ik zou voor Money kunnen gaan ...'
'Nooit!' riep ik. 'Money is de vijand!'
'Nee, mama!' schreeuwde Anouk geshockt. 'Bij Money zijn ze gemeen! Zij hebben jouw klanten afgepikt!'
'Toch ga ik morgen met ze praten', besloot mijn moeder. 'Onze situatie is uitzichtloos. Ik zal mijn trots opzij moeten zetten en gaan bedelen voor een baantje.'

'Geen sprake van!' zei mijn vader luid en duidelijk. Stomverbaasd keken we mijn pa aan. Had hij serieus wat gezegd?
Na wéken totale stilte begon hij te praten. Niet bibberig, hees of onzeker. Nee, zijn stem klonk helder. Krachtig zelfs. Hij zei: 'Het is klaar! Niemand van ons gaat voor Money werken! Morgen heb ik een baan!'
Wat moesten wij hier nou van denken? Natuurlijk wilden we supergraag geloven dat mijn vader weer oké was. Maar was hij dat wel?
Mijn moeder: 'Vanzelfsprekend, lieverd. Zal ik wat te eten voor je maken?'
Ze kreeg geen antwoord. In plaats daarvan sprong mijn vader van de krakbank af, rende naar de laptop en begon alle denkbare vacaturesites af te speuren.
Huh? Mijn moeder, Anouk en ik keken elkaar aan en besloten – zonder woorden – om mijn vader met rust te laten. We durfden hem niks te vragen. Hoe zou hij reageren? Zou hij onmiddellijk aan een volgende bank-staar-sessie beginnen?
Een paar uur later gingen we naar bed. Mijn vader bleef zitten surfen. We lieten hem maar achter zijn schermpje zitten.

De volgende ochtend zat mijn vader nog steeds te surfen … Anouk en ik vertrokken naar school en mijn moeder naar een gesprek met een boekhoudklant. We zeiden het niet hardop, maar alle drie waren we bang. Bang hoe het met mijn vader zou gaan. Bang hoe we hem zouden aantreffen als we thuiskwamen.
Na school liep ik gelijk naar huis. Gestrest racete ik de woonkamer binnen. Geen vader.
Ik wist waar mijn moeder en Anouk waren. Bij de buitenschoolse opvang. Maar waar was mijn pa?
Op tafel vond ik alleen een briefje van mijn moeder. Zij schreef dat mijn vader weg was toen zij thuiskwam van haar boekhoudafspraak. Het was onduidelijk waar hij was, want mijn moeder kreeg geen contact met hem. Mijn vader had zijn telefoon namelijk thuis laten liggen. In haar briefje vroeg mijn moeder me of ik direct naar de huistelefoon wilde sprinten als ik info had. Of als er 'problemen' waren.
Vaag … Kon me nergens op concentreren. De stress gierde door mijn lijf. Onrustig liep ik door het huis. Moest naar buiten. Rennen. Maar dwong mezelf om binnen te blijven. Wilde thuis zijn als mijn vader terugkwam. Want dan moest ik misschien wel … Ja, misschien wel wát? Waar moest ik op rekenen? Wat was er aan de hand? Waar hing die man uit?

Rond halfvijf hoorde ik – eindelijk, hèhè – een sleutel in het slot. Mijn vader!
Juichend rende hij op me af, greep me beet en probeerde een mal dansje met me te maken. Oké …
Eerst wékenlang bankstaren en dan dit. De man is volslagen doorgedraaid. Dacht ik.

Maar ik dacht het fout! Hij was niet knettergek geworden! Hij was in orde! Hij was gewoon blij! Ontzettend, ongelooflijk blij! En terecht! Hij had een baan gevonden! Mijn vader had werk! Betaald werk! Dag bankstaren! Hallo actieve vader!

'Olé, olé, olé, olé ...' Zingend en lachend sprongen mijn pa en ik als twee dolgelukkige idioten door de woonkamer. We voelden ons *on top of the world*! Onze problemen waren voorbij! Mijn moeder hoefde niet voor de vijand te werken! (Tussen twee haakjes: hoop niet dat Maaike ons gezien heeft ... Een meisje als Maaike wil vast niet daten met een rondspringende *loser*.)

Behoorlijk gênant dat idiote gespring. Maar *who cares*? Het kwam goed met ons! Ik was zó afgrijselijk opgelucht! En hyper ...

Na een tijdje springen vroeg ik – buiten adem – waar mijn vader als technisch tekenaar zou gaan werken.

'Nee, ik ga niet aan de slag als technisch tekenaar', zei mijn vader, terwijl hij zwetend op een stoel neerplofte. 'Na ruim een halfjaar zoeken naar een geschikte baan in de bouw, besloot ik gisteren álle banen te accepteren. Het maakt mij niet langer uit wat ik moet doen, als ik er maar voor betaald word. Op internet vond ik een uitzendbureau dat veel banen bij ons in de regio aanbiedt. Toen dit uitzendbureau vanochtend openging, stond ik voor hun deur te wachten. Eenmaal binnen werd ik uitstekend geholpen door een van de medewerkers. Zij nam met mij allerlei vacatures door en belde mogelijke werkgevers. Uiteindelijk vond ze dé perfecte job voor me. In eerste instantie is het werk tijdelijk. Maar als ik beval, dan krijg ik een vaste betrekking.'

'Top!' zei ik. 'Dé perfecte job!'

'Ja!' reageerde mijn pa enthousiast. 'Vuilnisman!'

Vuilnisman …? Wist niet wat ik hoorde! Tijdens onze idiote springmarathon had ik geen moment gedacht aan een baan als vuilnisman. Nooit beseft dat mijn pa zo'n baan kon nemen.
Tuurlijk was het logisch om naar andere banen uit te kijken. Niemand wilde mijn vader als technisch tekenaar. Te oud. Maar vuilnisman …? Hij kon toch wel een betere baan krijgen?
Mijn vader was het niet met me eens. Volgens hem konden we 'erg blij zijn met deze nieuwe kans'. 'Liam, als vuilnisman verdien ik op een eerlijke manier geld.'
Wat boeide mij het nou dat dit 'eerlijk' werk was? Schaamde me rot. Mijn vader werd *vuilnisman.* Dadelijk zag iemand hem in afval wroeten … Sociale zelfmoord!
Liam, zoon van een vuilnisman … Mijn kansen bij Maaike daalden dramatisch …

Hieperdepiep ging mijn vader mijn moeder bellen. Die was ook meteen door het dolle heen. 'Je hebt een baan! Lieverd, je hebt werk!' juichte ze aan de andere kant van de lijn.
Hoorde een 'Ooo …' toen mijn pa vertelde over zijn vreemde carrièreswitch. Even was mijn moeder stil. Niet lang. Na een paar seconden stilte deed ze alsof mijn vader een droombaan gevonden had. 'Lekker buiten.' 'Goed voor je conditie.' 'Op tijd thuis.'
Jaja, *sure* …

Later in bed snapte ik het pas. Mijn vader ging niet voor zijn eigen lol de rotzooi van anderen opruimen. Waarschijnlijk was hij liever directeur van een museum geworden of iets anders prestigieus. Voor ons werd hij vuilnisman. Gewoon omdat hij die baan kon krijgen en wij het geld nodig hadden.

Wie was ik om negatief te doen over zijn nieuwe carrière als vuilnisman? Mijn vader hielp ons gezin. Ik moest hem steunen!
Nou ja, thuis dan ... Binnen de muren van ons huis zou ik hem steunen! Daarbuiten steunde ik hem wat minder ...

Nieuwe ronde, nieuwe kansen

Ik werd 15 en mijn pa werd vuilnisman.
Dankzij mijn vaders nieuwe werk – en salaris! – konden we mijn verjaardag vieren. Niet groots, dat niet. Maar ik kreeg een geweldig cadeau! Thuis mocht ik 'ongelimiteerd elektronica gebruiken'. Tv-kijken en gamen dus! Niet langer was ik afgesloten van de rest van de wereld. Ik kon me weer als een normale puber gedragen.
Jij vindt dit vast een apart cadeau. Voor mij was dit het ideale cadeau. Ik kreeg een belangrijk deel van mijn oude leven terug. *Yeah!*

Ons leven werd sowieso normaler. Soms leek het bijna op vroeger.
Nu mijn vader een baan had, konden we kappen met de minst logische bezuinigingen. Zoals mijn moeders wasbesparingsoplossing. Kleren mochten voortaan sneller in de wasmand gegooid worden. Culinair gezien gingen we er ook op vooruit. Helaas niet op vleesgebied ... Maar er verschenen vaker verse groenten op tafel. En erg belangrijk, vooral voor mijn zusje: we hoefden geen kou meer te lijden.
Net als vroeger ging mijn vader 's ochtends gewoon de deur uit om te werken. Stinkend – maar mét goede zin – kwam hij 's avonds thuis. Met voldoende energie om te koken of met ons te voetballen of zo. Zijn geliefde krakbank stond er maar eenzaam bij.
Mijn moeder zagen we weer lachen. Zelfs om mijn vaders flauwe grapjes. Ik had mijn ouders terug! Wij waren allemaal terug. Ons gezin had het overleefd!

De extreme stress verdween uit mijn lijf. Ik werd relaxter. Hierdoor sliep ik beter, kon ik me beter concentreren en had ik geen last van hoofdpijn meer. Compleet zen ben ik nooit geworden. Het rennen had ik zeker nog nodig, maar ik voelde me fitter, normaler.
Nu ik relaxter was, kon ik op school mijn cijfers gaan oppoetsen. Mijn eerste halfjaar in havo 3 was nogal treurig verlopen. Het regende onvoldoendes.
Thuis wisten ze van niks. Te afgeleid door hun eigen sores om zich met mij bezig te houden. Dat was ook nergens voor nodig, want aan het eind van de derde ging ik keurig over naar 4 havo. Probleem opgelost!
Toegegeven, bijzonder spectaculair waren mijn cijfers niet. Maar over is over! Mijn moeder dacht daar anders over ... Zij zal niet rusten tot ik getransformeerd ben in een nerd.

Met zijn nieuwe werk verdiende mijn vader véél minder dan vroeger als technisch tekenaar. Terug naar 'de goede oude tijd' konden we dus niet. Het was onmogelijk om alle dingen te doen en te kopen, die we vroeger deden en kochten. Niet alleen omdat we te weinig geld hadden, maar ook omdat mijn vaders baan tijdelijk was. Hij had een contract voor zes maanden gekregen. Misschien zat hij zes maanden later alweer op de krakbank ...
We moesten megazuinig blijven leven. Zoveel mogelijk sparen voor als mijn vaders contract niet verlengd zou worden of voor 'onverwachte zaken', zoals kapotte wasmachines of zieke zusjes. Maar we konden tenminste rondkomen van het geld dat mijn ouders verdienden. Ons budget was superkrap, maar de bank zou ons huis niet hoeven opeisen.

Verlangde er hevig naar om met geld te smijten. Zomaar een winkel binnenstormen en álles kopen wat ik er leuk uit vond zien. Kópen! Kópen! Kópen!
Vaak droomde ik over nieuwe kleren, afhaalpizza's, uit eten gaan, de gemiste schoolreis naar Londen of een bezoekje aan de bioscoop. (In deze dagdromen had Maaike meestal de hoofdrol ...)
Mijn dromen werden geen werkelijkheid. Ik begreep het. En het frustreerde me. *Big time*! Vooral op school. Als ik bijvoorbeeld naast iemand zat met de nieuwste telefoon en dure merkkleding, dan was deze telefoonloze Liam in zijn tweedehands outfitje behoorlijk jaloers.
En dat gezeur van die verwende sukkels! 'Ik krijg van mijn pa geen scooter.' Boehoe, nationale ramp ... *Ik* had niet eens een fiets! Of: 'Van mijn – [piep] – moeder mag ik maar één keer per maand naar de kapper.' Internationale ramp ... *Ik* bewerkte mijn hoofd met een oude tondeuse! Hoe onnozel kun je zijn? Totaal geen benul hoeveel mazzel ze hadden! Mijn ouders werkten allebei keihard en nóg waren we arm!

Ik voelde me een buitenstaander. De helft van de gesprekken ging over dingen waar ik niet over kon meepraten. Wat interesseerde mij die serie op Netflix nou? Wij hadden geen Netflix. Of een vakantie naar Spanje? Op vakantie gaan was iets uit een vorig leven. Of de vetste sneakers? Voor de prijs van die 'vette sneakers' hadden wij een maand lang te eten. Lekker belangrijk allemaal ...
Het irriteerde me dat ze zo onsubtiel stonden op te scheppen. Niet bepaald logisch, want *niemand* wist dat ik een arme sloeber was. Ik vertelde nooit iets over thuis. Dat was onderdeel van mijn 'coole, mysterieuze' imago.
Ook al was deze coole gast geen minuut alleen, de eenzaamheid op school verdween voor mij niet. Ik miste iemand die

me begreep. Iemand die niet de populaire jongen zag, maar mij. Waar kon ik heen? Bij wie kon ik terecht?

Bij Marco? Al maanden had ik mijn Canadese *mate* verwaarloosd. Hij was regelmatig berichtjes blijven sturen, maar ik reageerde steeds later. Tijdens die superarmoedige periode leek er niks anders dan stress in mijn kop te zitten. Er was weinig ruimte over voor iets anders, zoals voor Marco. En daarnaast, contact houden was moeilijk. Thuis moest ik van 'de elektronica' afblijven.

Nu de ergste ellende voorbij was en ik niet langer digitaal beperkt was, dacht ik aan Marco. Ik stuurde een FaceTime-verzoek.

Toen ik Marco zag zitten grijnzen daar in Verweggistan, voelde ik me gelijk minder eenzaam. Marco is en blijft Marco: mijn vriend. Of ik nu rijk of arm, dik of dun, slim of dom ben, Marco behandelt me hetzelfde.

Vanaf toen kregen we weer vaker contact. Marco en ik hebben het over van alles. Behalve over onze *shit*. Hij heeft geen idee van onze vette crisis. Erg 'diepzinnig' zijn onze gesprekken niet. Meer jongens onder elkaar, zeg maar. Dan vraagt hij bijvoorbeeld naar Maaike. En vervolgens geeft hij me versiertips, waarvan ik er nooit één heb gebruikt … Marco kan dan honderden versiertips geven, zelf is hij als versierder weinig succesvol. Met meisjes is hij niet minder rampzalig dan ik. Een meisje hoeft maar naar hem te kijken en hij verandert in een overrijpe tomaat. Een tijdje geleden kreeg hij een handgeschreven(!) liefdesbrief van een meisje uit zijn klas. Pluspunt: hij vond haar leuk. Volgens mij vond hij haar zelfs meer dan leuk ☺ Het meisje had het meeste werk al gedaan. Marco hoefde alleen te reageren. Toch heeft de 'player' het meisje laten lopen. *Loser*! En ondertussen tips aan mij geven …

Ons leven als centenschrapers hobbelde verder.
Na zes maanden vuilnis verplaatsen, mocht mijn pa blijven. Hij kreeg een vast contract! *Happy dance*!
Ze waren tevreden over zijn vuilnisopruimerij, en hij vond het werk – gek genoeg – niet walgelijk.
'Liam,' zei mijn vader een keer, toen hij in zijn fluorescerende tenue de woonkamer binnenstapte, 'ik houd van mijn werk! Met zo'n topbaas en zulke fantastische collega's wordt het vieste karwei een feestje!'
Ik haalde mijn schouders op. Dacht dat hij overdreef. Tot ik hem een week later tegen opa hoorde zeggen dat hij zijn vuilnismannenwerk leuker vond dan zijn oude werk als technisch tekenaar. Hierna begon ik te twijfelen. Zou hij dat serieus gemeend hebben? Vond hij dat gore werk leuk?

Leuk of niet, mijn vader bleef trouw zoeken naar 'een passende baan': een baan met een hoger salaris dus. Maar voor wie zocht hij die baan? Voor ons? Zodat wij meer geld hadden? Of wilde hij zelf ook een andere baan? Ik heb het hem nooit gevraagd. Wat kon ik met het antwoord? Natuurlijk had ik veel liever dat hij een betere baan met een hoger salaris kreeg. Maar wat als hij dat zelf nou niet zag zitten? Was het dan niet egoïstisch om van hem te verwachten dat hij voor ons een andere baan zocht? Konden we dat van hem eisen? Tenslotte hadden we te eten, te drinken en een warm huis. En mijn vader was iedere avond op tijd thuis. Mét goede zin.
'Arm, maar gelukkig!' riep mijn pa minimaal twintig keer per week.

Als 'vaste' vuilnisman kreeg mijn vader wel een hoger salaris. Ondanks dat gingen we er financieel niet op vooruit. Mijn moeder verloor namelijk aan de lopende band boek-

houdklanten. Haar bedrijfje had last van een slopende ziekte. De Money-ziekte …
Nog altijd probeerde mijn moeder ijverig om oude klanten te houden en nieuwe te vinden. Bijzonder succesvol waren haar pogingen niet. Money was succesvoller. Dat rotbedrijf kaapte zowat al haar klanten weg. Weet niet hoeveel klanten ze rond die tijd precies had. Iets van acht of negen? Minder dan tien in ieder geval.

Toch kon er af en toe wat meer. Nieuwe hardloopschoenen bijvoorbeeld! Die had ik ook hard nodig, want mijn rechter dikke teen kreeg wel erg veel zuurstof in mijn oude hardloopschoenen ...
Mijn zusje was dágen hyper, want ze hoefde haar kapsel niet langer 'vakkundig' door Aafke te laten verpesten. Anouk mocht naar een kapper die wat minder scheef knipte dan onze tante.
'Wat leuk!' zeiden ze na een knipbeurt van mijn tante tegen Anouk op school. 'Je haar is links korter dan rechts. Gaaf!'
Anouk vond het minder gaaf. Links had helemaal niet korter moeten zijn dan rechts …
Stoer deed mijn kleine zusje alsof het zo hoorde. Liegen en bedriegen zit er bij ons thuis al jong in …

Vuilnisjongens

Mijn pa werd gespierder, bruiner en vrolijker.
In de eerste week van de zomervakantie kwam mijn vader op een avond thuis met een enorme verrassing. Voor mij! Een fiets! Voortaan kon ik fietsend door het leven. Eindelijk kon ik stoppen met dat eeuwige gewandel. Stond te grienen van blijdschap.
Het was geen blinkende, gloednieuwe fiets. *No problem*! Ik hád tenminste een fiets. Een collega van mijn vader – Jopie – had 'm gevonden bij het grofvuil. Samen met Jopie en een paar andere vuilnismannen had mijn vader de fiets opgeknapt. Tijdens hun pauzes hadden ze eraan gewerkt. Gigantisch, niet?
De volgende ochtend fietste ik gelijk naar de vuilnismannenkantine. Om mijn fietsredders te bedanken. Oma had me een zelfgebakken cake meegegeven, zodat ik 'niet met lege handen' aan zou komen.
Wat een topgozers die vuilnismannen! Begreep meteen waarom mijn vader het werk leuk vond. Met zulke collega's is het stomste werk inderdaad 'een feestje'.

Met een plak cake in de hand vroeg mijn pa's vuilnisbaas of ik zin had om 'een centje bij te verdienen in de vuilnisbranche'. Zekers! Ongelooflijk graag wilde ik meer geld vangen. Dan kon ik serieus gaan sparen voor die telefoon. Want mijn zelf verdiende foldergeld was meestal al uitgegeven voordat het op mijn rekening stond.
Een paar dagen later stond ik tussen het afval. De rest van die zomervakantie werkte deze vuilnisjongen in de milieustraat. Als hulpje van een collega van mijn pa.

En ook na die zomervakantie stopte mijn vuilnismannencarrière niet. Op de zaterdagen en in de vakanties liep ik voortaan in een fluorescerend tenuetje op de milieustraat rond.

Mensen gaan naar de milieustraat om afval te dumpen. Ik moest de afvalbrengers vertellen in welke container ze hun afval moesten lozen. Daarbij moest ik goed uit mijn doppen kijken, want sommige spullen waren te mooi om weggegooid te worden. Opknappen en schoonmaken en je kunt veel voorwerpen hergebruiken.
Niet te geloven wat mensen zomaar wegdoen! Boeken, meubels, surfplanken, planten, kleding. Een keer vond iemand zelfs handboeien(!) tussen het afval.
Ik stond met mijn neus vooraan. Vaak zag ik als eerste de 'juweeltjes' tussen het afval. De spullen die wij thuis konden gebruiken, mocht ik meestal – gratis en voor niks! – mee naar huis nemen. Hierdoor lette ik extra goed op. Vooral banken hield ik scherp in de gaten. Helaas heb ik nooit een 'waardige opvolger' voor onze oude krakbank gevonden.
Wel vond ik andere 'juweeltjes'. Een paar borden van het servies dat mijn oma spaart, een boek over sterren voor Anouk, een paraplu voor mijn vader, een rugzak – zonder gaten – voor mezelf en kleren voor ons allemaal.

Ik verdiende dus geld door in rotzooi van anderen te neuzen. En ik vond het superleuk! Niet het geld of de gevonden spullen waren het leukste van de job. Nee, de andere vuilnisjongens maakten het *fun*. Ik was namelijk niet de enige vuilnisjongen bij de milieustraat. Er werkten meer jongens van mijn leeftijd. Zij hadden ook een vader (of soms een moeder) met een afvalbaan. Hun leven leek op mijn leven. Daarom hoefde ik bij hen geen toneel te spelen. Net als bij Marco kon ik gewoon zijn wie ik was. Tussen de vuilnisjongens voelde ik me niet langer een eenzame buitenstaander.

Tijdens de pauzes trapten wij, vuilnisjongens, een balletje, en tijdens het werk deden we wedstrijdjes. Bijvoorbeeld wie die dag de mooiste of raarste spullen tussen het afval vond. Of wie het snelst met een kruiwagen vol zooi van A naar B kon racen. Wanneer dit laatste misging, lag de grond bezaaid met troep en kon de verliezer een bezem pakken om het op te ruimen. Lachen!

Onze begeleiders werden bijna nooit boos op ons. Eigenlijk alleen als we gevaarlijk bezig waren. Zoals die keer toen een van de jongens plotseling rond begon te springen in de *asbest*container. Gestoord! Je kunt doodziek worden van asbest. Na deze bizarre actie kon hij direct 'opzouten'.

De vuilnisjongens werden mijn nieuwe vrienden. Nou ja, nieuw ... Een van mijn 'nieuwe' vrienden kende ik al. Van school! Jarenlang zat er doodleuk een vuilnismankind bij mij op school! En ik maar denken dat ik de enige met een dubbelleven was ...

Pierre is twee jaar ouder dan ik en is een keer blijven zitten. Maar belangrijker: hij is zo'n beetje de populairste jongen van Culemborg. *Iedereen* bij mij op school kent Pierre. De populairste jongen van school is de zoon van een vuilnisman! Vind je dat niet vreemd?

Pierre vond daar niks vreemds aan. 'Word jij gepest dan?' wilde hij weten.

'Niet bepaald', gaf ik toe.

Volgens Pierre kwam dat, omdat wij 'harde overlevers' zijn. 'Gozers die altijd een manier vinden om uit de *shit* te komen.'

Binnen een week werden Pierre en ik onafscheidelijk. '*Partners in crime*', noemde Pierre ons. Voor mij was hij een soort oudere broer. Pierre kon ik alles vertellen. Hij begreep mij en mijn leven, want mijn leven was zijn leven. Hij leefde namelijk hetzelfde geheime leven als ik. Ook hij vertelde niemand op school over zijn vaders werk of over de armoede en stress bij hem achter de voordeur.
Bij Pierre thuis zaten ze extreem diep in de financiële ellende. Door een torenhoge schuld. Ongeveer vijf jaar geleden hadden zijn ouders geld geleend bij de bank. Om aandelen te kunnen kopen van een '*upcoming*' bedrijf. Als aandeelhouder zouden ze een portie van de winst van dat bedrijf in hun zak kunnen steken. Hun winstgeld zou – gegarandeerd! – hoger zijn dan de schuld die ze bij de bank hadden. De lening zouden ze dus gemakkelijk terug kunnen betalen én ze zouden er een leuk zakcentje aan overhouden. Een buitenkansje. *Not!* De gekochte aandelen waren geen drol waard. Dat hele '*upcoming*' bedrijf bestond namelijk niet! Ze waren opgelicht. Een gladjanus was er met hun geleende geld vandoor. Pech gehad, de lening moest hoe dan ook terugbetaald worden aan de bank. Bij de bank luisteren ze niet naar zielige verhaaltjes. Daar moet je betalen. Punt uit. Hallo armoede!
Pierre leek er niet mee te zitten. 'Waarom zou je je eigen druk maken over zaken die je niet kunt veranderen?' vroeg hij chill, terwijl hij ondertussen alle langslopende meisjes met zijn ogen scande.

Maar waarom zag je niet aan Pierre dat hij arm was? Pierre vertelde dat hij zijn geld 'wijs' besteedde.
'Koop je soms kleren van je eigen geld of zo?' vroeg ik.
'Uiteraard', antwoordde Pierre. 'Als man wil je er goed uitzien. Voor de meisjes. Met dat oude shirt van jou blijf je de

rest van je leven vrijgezel. Geloof me, met een nieuwe look staan de meisjes voor je in de rij!'
Persoonlijk was ik niet geïnteresseerd in een rij meisjes. Maar Maaike ... Zou Maaike gaan voor een Liam die er *smooth* uitzag? Daar kon ik maar op één manier achter komen: door Pierres voorbeeld te volgen. Ik stopte met sparen voor een telefoon. Voortaan besteedde ik het grootste deel van mijn geld aan kleren.
Mijn moeder begreep niet waarom ik ineens vijftig euro uitgaf aan een merkshirt. 'Zonde van je geld, Liam! Voor vijftig euro kun je zeker tien T-shirts kopen.'
Tuurlijk, mam ...
Waarom zou mijn moeder het moeten begrijpen? Het was mijn eigen geld. Ik bepaalde zelf wat ik ermee deed.
Denk niet dat mijn nieuwe outfitjes mij populairder maakten. Toch hielpen ze me. Ik voelde me zelfverzekerder in mijn eerstehands, duurdere kleren. Minder 'anders'.

Wat mij wél populairder maakte, was mijn vriendschap met Pierre. Door Pierre hoorde ik automatisch bij de coolste gasten van school. Tijdens ons vuilniswerk lachten we ons een breuk! Die schoolgassies zouden niet weten hoe ze het hadden als ze ons – hun 'grote voorbeelden' – door hun eigen afval zouden zien ploegen ...
Tientallen keren zijn we net niet betrapt. Telkens als we een bekend gezicht zagen, wisten we niet hoe vlug we moesten wieberen. *Mayday, mayday*! Snel! Verstoppen!

Een keer – ergens in september, ik zat in ieder geval al in 4 havo – zag een meisje van school me. Help! Ze liep gelijk naar me toe. 'Hé Liam! Wat doe jij hier?'
'O, onze oude bank wegbrengen', improviseerde ik. 'Mijn dikke tante is erdoor gezakt.'

Het meisje vond het een giller. (Huh?) Ze lag compleet in een deuk. 'Waar zijn je normale kleren?' wilde ze hinnikend weten.
'Vind je dit lichtgevende outfitje niet mooi?' vroeg ik zogenaamd verbaasd. 'En ik maar denken dat dit in de mode is.'
'Nééééé!' proestte het meisje. 'Je liegt! Je hebt die kleren gewoon aangetrokken om niet vies te worden. Het is hier onwijs smerig.'
'Betrapt!' zei ik theatraal.
Het meisje giechelde nog wat na, en ik stond er sukkelig naast te wachten tot ze zou ophoepelen. Want ik moest verder met mijn werk. Maar ze ging niet weg. Ze begon te bazelen over school. Hoe kwam ik van haar af?
Gelukkig dook Pierre op. Hij sleurde me aan mijn arm bij haar weg. 'Sorry, schoonheid,' zei hij tegen het meisje, 'ik moet Liam effe van je stelen.' Hèhè, opgelost.

De rest van de dag bleef Pierre dooremmeren over dat meisje. Ze zou 'smoorverliefd' op me zijn. Dat kon 'zelfs een blinde zien'. 'Neem verkering! Krijg je ook eens wat meer actie in je leven', zei Pierre met een dikke vette knipoog.
'Leuter niet!' was mijn reactie. 'Je gaat toch geen verkering nemen omdat iemand misschien verliefd op je is? Dat meisje is best aardig. Niet raar of zo. Maar verkering?'
Pierre vond dat ik zeurde. 'Doe niet zo moeilijk, man! Je hoeft niet met haar te trouwen.'
En toen vertelde ik Pierre over Maaike. Mijn Maaike. Pierre was tenslotte een echte vriend. We wisten dingen van elkaar die anderen niet wisten. Hem kon ik vertellen over mijn liefde voor Maaike. Een vriend – *brother* – als hij kon ik vertrouwen.
Fail!

Maaike

Nadat ik over Maaike verteld had, stopte Pierre met emmeren over dat ene meisje. En begon hij te emmeren over Maaike ... Álles wilde hij weten: 'Hoe ziet die droomprinses van jou eruit?' 'Heeft ze een beetje een lekker figuurtje?' 'Waar woont die perfecte vrouw?'
Hoogst vermoeiend. Daarom zei ik: 'Weet je? Kom mee naar mijn huis, dan kun je haar met je eigen doppen zien. De zon schijnt, tien tegen een dat ze in de tuin ligt.'
Gretig ging Pierre met me mee naar huis. Vanuit mijn dakraam gluurden we naar Maaike.
Pierre bekeek mijn Maaike behoorlijk anders dan ik graag zou willen. Zijn ogen rolden zowat uit zijn kop. Maaike is de liefde van mijn leven, niet prettig als ze beloerd wordt als ... als ... lustobject.
Voor mij is zij geen ordinair lustobject. Ze is de knapste vrouw ter wereld (objectief!), maar ze is meer dan dat. Ik kan het niet goed uitleggen. Marco hoef ik dit soort dingen nooit uit te leggen. Begrijp je wat ik probeer te zeggen? Zo niet, pech! Het was niet fijn, oké?
Pierre had totaal geen respect voor de engel van mijn leven. Ik had een fout gemaakt. Een grote fout! Ik had Maaike nooit aan Pierre moeten showen.

Pierre moest Maaike vergeten! Volledig! Mijn Maaike moest uit zijn vunzige kop. Besloot nooit meer met Pierre over haar te praten. Leuk bedacht, maar Pierre praatte over niets anders dan Maaike ...
De ene na de andere 'uiterst grappige' opmerking verliet zijn smerige mond. Joke – je weet wel, de opschrijver van

mijn 'meesterwerk' – wil 'deze grove opmerkingen niet opnemen in dit boek'. Nou, dan snap je het wel, hè?
Hoe zou jij reageren als iemand de vrouw van je leven keer op keer besmeurt? In het begin deed ik niks. Dacht dat het vanzelf over zou gaan. Dat Pierre na een tijdje zijn interesse zou verliezen.

Maar Pierre verloor zijn interesse niet. Hij ging maar door en door en door ...
Het moest stoppen! Tamelijk rustig en vriendelijk vroeg ik aan Pierre of hij wilde ophouden over Maaike. Hij lachte me keihard in mijn gezicht uit.
Had ik me maar ingehouden ... Pierre begon nóg goordere taal uit te braken. Zijn 'grapjes' werden iedere dag botter. Snap jij waarom hij dit deed? Ik niet. Vroeg me af waar mijn *brother* gebleven was. Waarom mijn vriend mijn folteraar werd.

Vanbinnen werd ik steeds kwader en kwader. In de herfstvakantie kwam mijn woede naar buiten. Pierre en ik liepen de vuilnismannenkantine uit, op weg naar huis. Terwijl we onze fietsen pakten, begon Pierre Maaike weer 'te besmeuren'. Ik trok het niet langer. Gaf Pierre een kaakslag en schreeuwde: 'En nou kappen over Maaike!'
Hoe denk jij dat Pierre reageerde? Niet zoals ik verwachtte. Hij gaf me geen knal terug. Hij werd niet eens boos! Kalmpjes streek hij met zijn hand over zijn vuurrode kaak, glimlachte en zei zacht: 'Dat zet ik je betaald, kleintje.'
Door deze relaxte reactie scheet ik haast in mijn broek van angst. Wat stond me te wachten? Ging hij zijn wat minder keurige vriendjes vragen om mij finaal te verbouwen? Werd het een enkeltje ziekenhuis?

De rest van de herfstvakantie liep deze vuilnisjongen als een bang vogeltje rond. Achter elke container verwachtte ik een afstraffing. 's Avond fietste ik samen met mijn pa terug naar huis. Te weinig lef om in m'n uppie over straat te gaan. Stel je voor, dadelijk stonden ze me op te wachten! Pierre zag ik honderden keren per dag. Erg ongemakkelijk. Ik probeerde hem te negeren. Erg moeilijk, want telkens als Pierre me zag, begon hij te grinniken. Alsof er iets raars aan mij was. Begreep niet waar hij mee bezig was. Waarom lachte hij? Waarom sloeg hij me niet in elkaar? Waar was hij op uit? Wilde hij me soms gek krijgen of zo? Lukte aardig. Ik zag overal jongens met honkbalknuppels. Na een paar dagen wilde ik bijna om een pak slaag sméken, dan was ik tenminste van die spanning af. Dan kon ik – bont en blauw – verder met mijn leven.
De herfstvakantie ging voorbij, en ik was nog steeds heel. Hoe kon dat? Ik had niet in de gaten dat ik iets anders zou krijgen dan een pak slaag. Iets veel heftigers.

Een week of twee na de herfstvakantie presenteerde Pierre zijn wrede vergeldingsactie. Op een zondag stond hij ineens voor de deur. Met Maaike ...
Maaike?! Kwam zij voor mij?
Onmiddellijk werd ik rood. Knalrood. Van mijn kruin tot het puntje van mijn tenen.
'Hé, Liam!' zei Maaike. 'Lang niet gezien. Hoe gaat het?'
'Goe-goe-goed', stotterde ik. Ik was totáál van het padje. Mijn eigen naam was ik zelfs vergeten. Versteend bleef ik – met een ontploft hoofd – in de deuropening staan.
Opeens begon Pierre alweer zo vreemd te grinniken. Hij keek mij recht aan, trok Maaikes hoofd naar zich toe en duwde zijn lippen op haar mond. En toen begonnen ze elkaar af te lebberen! Voor *mijn* ogen!

Ik moest weg! Weg van die nepvriend! Weg van de vrouw van mijn leven! Ik was kapot! Ik wilde iets slopen! Ik wilde Pierre slopen! Hij wist hoe belangrijk Maaike voor mij was. Waarom Maaike? Waarom had Pierre me niet gewoon in elkaar gerost? Waarom had hij *mijn lijf* niet laten bloeden?
Ik gooide de deur dicht, rende naar boven en kroop in bed. Ik wilde niks meer voelen. Nooit meer. Het deed te veel pijn.

Zuiver en alleen om mij te grazen te nemen heeft Pierre Maaike gebruikt. Misbruikt! Ziek!
Maaike was niet belangrijk voor hem. Zij was een middel om mij te raken. Pierre heeft mijn engel – expres! – bedonderd.
Drie dagen later stond Pierre op school te kleffen met een ander meisje. Hij heeft nooit van Maaike gehouden.
Maaike en ik zijn slachtoffers van Pierres zieke geest. Hij heeft ons allebei vernederd. Pijn gedaan. Zijn actie was lager dan laag.
Arme Maaike. Hoop dat zij weinig verdriet heeft gehad. Minder dan ik.
Voor mij is ze niet veranderd. Ze is en blijft *mijn* Maaike.
Durfde niet naar Maaike toe te gaan om haar te troosten of om met haar te praten. Want wat had Pierre haar wijsgemaakt? Wat had hij over mij verteld? Wat wist zij over mijn sneue leven?
Ooit zal ik Maaike laten zien hoeveel meer man ik ben dan Pierre!

Ik wilde Pierre laten bloeden. Van kop tot teen verbouwen. Onmogelijk! Negeren lukte niet eens. In de milieustraat moesten we constant samenwerken. En ook op school kwam ik niet van hem af. We maakten allebei deel uit van

de 'harde kern'. De 'coole' gasten van de harde kern klitten altijd samen. Dus bijna alle pauzes moest ik tegen Pierres rotkop aankijken. Zodra ik iets negatiefs over hem zou zeggen, zou Pierre mij kunnen ontmaskeren. Ik had geen zin om uitschot te worden. Daarom hield ik – tot vandaag – mijn mond.
Ook Pierre speelde het *brother*-spelletje mee. Na zijn vergeldingsactie heb ik geen last meer van hem gehad. Doodsbang dat ik hem zou ontmaskeren als arme vuilnisjongen. O, wat wilde ik hem graag ontmaskeren ... Zoete wraak! Maar dan zou mijn eigen geheime leven niet langer geheim zijn …
Een compleet verrotte situatie! Voor de buitenwereld beste vrienden spelen, maar ondertussen vrat de haat me vanbinnen op …

Pauze! Joke, ga maar fijn op zoek naar spelfouten of zo. Ik ben weg. Naar buiten. Rennen. Over een uurtje ben ik terug.

Fout

Ben ik weer!

Zonet kreeg ik spontaan moordneigingen toen ik aan *trashboy* Pierre dacht. Het lopen heeft me … euh … rustiger gemaakt. We kunnen verder met mijn verhaal.

Pierres vernedering kon ik niet vergeten. 's Ochtends bij het opstaan had ik al zin om met mijn vuisten tegen de muur te rammen. Deze kleinering kon ik niet over mijn kant laten gaan!

Hoe zou *jij* op deze *shit* reageren? Zou jij het accepteren? Zou jij geen wraak willen nemen?

Moest ik het voorbeeld van mijn ouders volgen? Zij hadden alle vernederingen van de afgelopen jaren zomaar geaccepteerd. Die klantenafpakker Money bijvoorbeeld, en die doortrapte architecten-ex-baas van mijn vader hadden gewoon hun gang kunnen gaan. Mijn ouders waren niet achter ze aangegaan. Zij zijn altijd brave burgers gebleven.

Ik kon het niet. Stompzinnig doorgaan als brave burger was geen optie. Op mijn zestiende verjaardag in februari besloot ik wraak te nemen. Mijn grens was bereikt. Pierre zou bloeden!

Maar hoe? Hoe kon ik wraak nemen op Pierre zonder dat ik kans liep om als arme sloeber ontmaskerd te worden? Of erger, zonder dat Pierre als vergelding Maaike opnieuw zou belazeren?

Door Pierre verrot te laten slaan door iemand anders! Dan had ik mijn zoete wraak én dan zou Pierre niet weten dat ik erachter zat.

In mijn hoofd zaten lugubere fantasieën over schimmige types in donkere steegjes met knuppels en fietskettingen. Rake klappen, gegil, bloed. Je kunt je er vast wel een beeld bij vormen, verwacht ik.
Probleempje: waar vond ik die schimmige types? Via een 'contact' hoorde ik van *guys* die voor heel veel geld alles deden wat je vroeg, zelfs iemand totaal verrot meppen. Dat klonk als muziek in mijn oren!
(Trouwens, van mij zul je nooit horen wie mijn 'contact' was of hoe ik hem leerde kennen. Ik vertel je ook geen andere namen of details. Te gevaarlijk. Niet alleen voor mij. Ook voor jou! Van die wereld wil jij niks afweten. Dat kun je gerust van mij aannemen!)

Dus vóór ik die mep-*guys* kon inhuren, had ik geld nodig. Véél geld. Dat had ik natuurlijk niet. Volgens mijn 'contact' was dat '*no big deal*'. Met hun leider – '*the boss*' – viel altijd te praten over een of andere betaalregeling. Klonk goed. Vroeg mijn 'contact' of ik die '*boss*' kon spreken. '*Sure*, jochie, ik regel een afspraak voor je', was het antwoord.
Op een koude donderdagmiddag had ik mijn afspraak met '*the boss*'. Ergens buiten, in een parkje.
Daar stond ik dan – met mijn voeten in de blubber – te wachten. Wie spreekt er nou in the *middle of nowhere* af? vroeg ik aan mezelf. Is dat niet verdacht? Fout? Wie is die '*boss*' eigenlijk? Kan ik niet beter hard weglopen? Nee, Liam, zei ik tegen mezelf, jij wilde wraak, jij blijft staan!

Eerlijk gezegd kreeg ik behoorlijk spijt van mijn keus om te blijven staan toen er een goudkleurige – blingbling! – Mercedes het gras op slipte. Ken jij iemand die een glimmend goudkleurige Mercedes heeft? Nee? Logisch, normale mensen hebben niet zo'n auto.

In eerste instantie kon ik '*the boss*' niet zien, want zijn auto had geblindeerde ruiten. Maar door die blingblingauto wist ik dat '*the boss*' geen doorsnee man met een kantoorbaan of zo was.
Mijn hart bonkte in mijn keel. Waar was ik aan begonnen?

Toen '*the boss*' uitstapte, schrok ik me lam. Niet omdat hij er slecht of vies uitzag, absoluut niet. De meeste meisjes van mijn klas zouden hun nek verrekken als hij langs zou lopen. Knappe kop, afgetraind lichaam, duur pak (Italiaans waarschijnlijk), hagelwitte tanden, een knoeperd van een horloge, net bij de kapper geweest (geen haartje zat scheef). Naast zijn blingblingauto zag hij eruit als een acteur uit een maffiafilm.
Alleen zaten we niet in een maffiafilm ... Dit was echt! '*The boss*' was een echte man met echte macht in de echte wereld. Het werd me een beetje te echt allemaal ...
Ik droomde over wraak, maar kon ik toch niet beter maken dat ik wegkwam? Maar wat zou die maffioso dan doen? Had hij een wapen? Zou hij het gebruiken? En wat wist hij van mij? Wist hij waar ik woonde? Wist hij wie mijn familie was?
Er schoten duizenden verschillende gedachten door mijn hoofd. De meeste waren niet bepaald positief. Ik was serieus bang. Doodsbang.

Wonder boven wonder lukte het me om 'cool' te blijven staan. Ik probeerde relaxter dan relaxed over te komen. Alsof deze situatie niet bizar was, alsof ik iedere dag lijpe figuren in parken ontmoette. Mijn benen wilden rennen. Snel! Vlucht! Ik kon ze – met moeite – in bedwang houden. '*The boss*' stapte op me af en gaf me een hand. Zijn – lange! – nagels duwde hij ruw in mijn vel. De tranen sprongen in

mijn ogen van de pijn, maar ik gaf geen kik. Van mijn mishandelde hand keek ik naar zijn gezicht. Die ogen ... *Scary*! Vlug keek ik weg. De blik in zijn ogen was bloedstollend. Zijn ogen leken op de ogen van een woest wild beest.
Die bloeddorstige blik maakte me misselijk. Kotsmisselijk.
Wat was dit voor een man? En wat wilde hij van mij?
'Volg mij', commandeerde '*the boss*'. Liam volgde braaf. Idioot!
Je *hele* leven wordt je verteld dat je *nooit* met vreemden moet meegaan, en ik volgde direct. Als een mak schoothondje liep ik achter een vent van wie ik 100 procent zeker wist dat hij fout was. Deze sukkel gehoorzaamde blind een maffioso. Waarom? Ik weet het niet. Misschien omdat ik kotsmisselijk van de angst was? Op dat moment was helder nadenken onmogelijk. Ik leek wel gehypnotiseerd of zo.
Met grote passen liep hij weg van zijn blingblingauto. Zombie-Liam liep achter hem aan. Na ongeveer vijf minuten verdween '*the boss*' tussen wat struiken. Zombie-Liam verdween achter hem aan.
'*The boss*' draaide zich om naar mij. 'Hier is het safe', blafte hij. Safe? Hoezo safe? Voor wie safe? Voor mij niet! Ik stond – volledig onzichtbaar voor de rest van de wereld! – naast een afgetrainde, gewelddadige crimineel.
Ondanks de kou gutste het zweet over mijn rug naar beneden. Mijn benen trilden vreselijk. Het lukte me amper om rechtop te blijven staan. Ademhalen lukte me ook amper. Zwetend, bevend en duizelig stond ik naast '*the boss*'.
Wat ging er met mij gebeuren? Waren dit mijn laatste minuten? Werd ik ter plekke verkracht, vermoord en gedumpt?

'*The boss*' begon te praten. Ik kon hem niet recht aankijken. Die ogen ... Daarom staarde ik maar zo'n beetje in de richting van zijn neus. Terwijl mijn benen het bijna begaven,

probeerde ik 'cool' naar zijn perfecte neus te blijven kijken. Vatte niet gelijk waar hij het over had. Mijn hoofd werkte niet goed meer. Mijn gedachten gingen langzaam. Megalangzaam.
Plots besefte ik dat ik moest opletten. Ik moest weten wat er gezegd werd. Dit ging over mij! Moeizaam kreeg ik mijn trage hersenen aan de praat.
'*The boss*' bleek het over mijn 'hulpvraag' te hebben. Mijn wens om 'een tegenstander uit te schakelen'. Jij weet dat dit Pierre is; '*the boss*' niet. Hij vroeg niet wie mijn 'tegenstander' was.
'Mijn jongens knappen dat klusje voor je op', bepaalde '*the boss*'. 'Jij betaalt mij terug in arbeid. Jij wordt onze boodschappenjongen. Jij brengt pakketjes van A naar B.'
'Pakketjes?' vroeg deze achterlijke idioot. 'Wat voor pakketjes?'
'*The boss*' nijdig: 'Niet jouw zaak. Begrepen? Jij haalt pakketjes op en bezorgt ze. Begrepen? Jij doet wat je gevraagd wordt. Begrepen? Jij stelt geen vragen. Begrepen? Jij maakt nooit een pakketje open. Begrepen? Jij praat hier met niemand over. Begrepen?'
Ik knikte.
Hij stopte een telefoon in mijn hand. 'Als je gebeld wordt, neem je meteen op en voer je de opdracht uit. Begrepen?'
Ik knikte.

Zonder een volgzame Liam liep '*the boss*' terug naar zijn blinkende auto. Ik moest een kwartiertje tussen het kreupelhout verstopt blijven staan. '*The boss*': 'Ik en jij mogen niet samen gezien worden.' Nou, daar was ik het roerend mee eens! Wat mij betreft zagen we elkaar *nooit* meer. Een volgende afspraak zou ik absoluut niet trekken.
Ik had deze ontmoeting al nauwelijks doorstaan. Als het

langer geduurd had, dan had ik mezelf vast onder gescheten of was ik ‘elegant’ flauwgevallen. Als ik niet eerder gestikt was ... Want normaal ademhalen naast een maffioso is een hele opgave. Toen hij weg was, kreeg ik weer wat zuurstof binnen.

Midden tussen de bosjes keek ik naar de – gestolen? – spiksplinternieuwe, peperdure telefoon in mijn bibberende hand. Had ik eindelijk een *phone*, was het een criminele *hotline* …

Die telefoon maakte alles erger. Zonder dat ding had ik mezelf kunnen wijsmaken dat er niks gebeurd was. Dat er niks *ging* gebeuren. Dat het een nachtmerrie was geweest of mijn eigen verbeelding. Dat ik niet met één been in de onderwereld stond.

Vette crisis! Ik wilde helemaal geen crimineel worden! Ik wilde terug naar mijn oude sneue leventje!

Natuurlijk had ik er weleens over gefantaseerd. Over hoe het zou zijn om op een foute manier veel cash te scoren. Vooral toen we superarm waren en iedereen om ons heen leek te zwemmen in het geld. Maar dat waren fantasieën! Dat waren geen serieuze plannen! Ik was – erewoord! – nog nooit ‘van het rechte pad afgeweken’. Niet eens om een klein snoepje te stelen!

En nu kon ik ieder moment opgeroepen worden voor een of ander illegaal handeltje. *Unreal.*

Man, ik zat volledig in de *shit*! Ik verzoop erin. Hoe kwam ik hieruit? Hoe kon ik ‘vriendelijk bedanken voor de eer’ zonder in de problemen te komen? Ik zag geen weg terug naar mijn oude sneue leventje. En ik had het mezelf aangedaan …

Geen idee hoe ik thuisgekomen ben. Had pas door waar ik

was, toen mijn vader de woonkamer binnenliep. Op onze krakbank zat ik wezenloos voor me uit te staren. Mijn vader haalde me uit mijn bank-staar-sessie. (Vrees dat bankstaren een aangeboren genetische afwijking in mijn familie is …)
'Wat is er, jongen?' vroeg mijn vader.
'O, effe een huiswerkpauze', verzon ik gauw. 'Moet verder met wiskunde. Doei!' Na deze smoes vlóóg ik de trap op naar boven. Om alleen te zijn op mijn kamer. Om te ontsnappen aan mijn vaders volgende vragen. Om te voorkomen dat mijn pa merkte dat er iets niet klopte. Samengevat: om mijn kersverse leven als gangster geheim te houden.
Zouden jouw ouders relaxed reageren als je ze zou vertellen over je nieuwe carrière als crimineel? *Mijn ouders* zouden er kapot van zijn. Hun wereld zou instorten! Ik zou de grootste teleurstelling *ever* zijn.
Mijn brave ouders hadden hun best gedaan om mij netjes op te voeden, en dan verpest ik het. Finaal!

Dat de onderwereld hun huis binnengeslopen was, hoefden mijn ouders niet te weten. Ze konden het ook beter niet weten. Hoe minder zij wisten, hoe minder gevaar zij liepen. *Ik* liep dan misschien gevaar, maar dat was mijn eigen stomme schuld. *Mijn ouders* hadden niks verkeerds gedaan. Ik moest aan hun veiligheid denken.
En daarnaast, mijn fatsoenlijke ouders waren – gegarandeerd! – onmiddellijk naar de politie gehold. Dan waren we pas echt in gevaar! Bij de politie konden ze ons niet eens beschermen tegen miezerige fietsendieven. Tegen een machtige maffiabaas zouden ze ons nooit kunnen beschermen. '*The boss*' had ons – zeker weten! – eerder gevonden dan de politie hem ...
Ik moest het vóór me houden. *Niemand* kon ik bij mijn shit-

berg betrekken. In m'n eentje moest ik het zien op te lossen.

Nou ja, oplossen ... Ik wachtte af. Onrustig wachtte ik tot ik gebeld werd voor mijn eerste opdracht. Dan kon ik zeggen dat ik niet meedeed. Dat ik eruit wilde. Dan was ik ervan af. Hoopte ik ...

Fouter

Dagenlang zat ik – met een drol in mijn kont van de spanning – te wachten op een belletje uit de onderwereld. Na school bleef ik niet meer rondhangen of ging ik niet meer met anderen mee. Ik moest naar huis. Want ik kon gebeld worden. En daar wilde ik geen toeschouwers bij hebben.
Starend naar mijn criminele *hotline* zat ik hele middagen en avonden te piekeren op mijn kamer. Wanneer zou ik gebeld worden? Door wie? Wat wilden 'ze' me laten doen? Wat moest ik zeggen?

Uiteindelijk trilde mijn *hotline*. Ik schrok me een ongeluk! Van schrik zette ik de telefoon uit. Nééééé!
Het was een anonieme beller. Ik kon hem of haar dus niet terugbellen. Help! Wat had ik gedaan? Wat moest ik doen? Ik werd gek!
Voor ik serieus doordraaide, werd ik opnieuw gebeld. Nu kreeg ik wel verbinding.
'Ha… ha… hallo?' stotterde ik.
'Liam, neem altijd op!' schreeuwde een onbekende man. Het was duidelijk niet '*the boss*'. Ik weet niet wie hij was of hoe hij heette. Dat vertelde hij niet. (Trouwens, ook als ik het zou weten, dan zou ik het niet tegen je zeggen. Te gevaarlijk! Die figuren wil ik hier echt niet op bezoek krijgen! En jij ook niet!)
Ik reageerde op zijn geschreeuw met: 'Sorry, ik …'
'Onderbreek me niet!' beval de man. 'Luister! Exact om 16.00 uur ben jij bij het tankstation naast de rotonde. Het pakket ligt *achter* het tankstation in de *rode* vuilcontainer.

Pak het pakket – onopvallend! – uit de container. Breng het naar het station. Loop te allen tijde rustig! Ga naar de lift op het station. Wacht tot je *niemand* ziet. Leg het pakket *in* de lift en wandel terug naar huis.'
'Maar ...' pruttelde ik tegen. Een zinloze poging, de man had namelijk al opgehangen. Sullig tuurde ik naar het scherm van mijn telefoon.

Wat nu? Tien minuten later moest ik bij dat tankstation zijn. Er was geen tijd om de voor- en nadelen op een rijtje te zetten. Ik had haast.
Wat viel er eigenlijk te kiezen? Als *ik* dat pakketje niet zou ophalen, dan zou iemand anders het vinden. En wat zou er dan gebeuren? Hoe zouden '*the boss*' en zijn mannetjes daarop reageren? Vast niet bijzonder vriendelijk ...
Gestrest trok ik mijn jas aan. Woef – onze kwijlende hond – sprong enthousiast om me heen. Die moest nog uitgelaten worden. Ik besloot hem mee te nemen. Samen met een vrolijk huppelende Woef wandelde ik – zogenaamd relaxed – door Culemborg.
Blij dat Woef bij me was. Door hem voelde ik me veiliger. Een erg angstaanjagende hond is hij niet, maar ik was in ieder geval niet compleet solo op de wereld. En Woef was mijn perfecte alibi. Een alleen rondlopende jongen valt op. Maar een rondlopende jongen mét hond vindt niemand verdacht. Als jij een jongen met een hond ziet lopen, dan denk je toch zeker ook dat hij gewoon zijn hond uitlaat? Hoewel, na dit verhaal ...

Die hele pakketjesactie was super *easy*. Kwestie van oppakken, stukkie lopen, neerleggen en weglopen. Een halfuur later was ik alweer terug. Onder het zweet, dat wel. Ik stond – letterlijk! – te druppen op de vloer. Zo vreselijk zweette

ik. Alsof ik de marathon gelopen had. Apart, want ik had niet gerend. En het was ook niet overdreven warm buiten. Hooguit 5 graden. Toch waren mijn kleren doorweekt.
Onder de douche probeerde ik mijn angstzweet en angstgedachten door het putje weg te spoelen. Ik had iets illegaals gedaan. Geen idee wat ik vervoerd had. Geen idee van wie het kwam. Geen idee naar wie het ging. Maar één ding wist ik zekerder dan zeker: het was goed fout.
Ik had geen normaal postpakketje vervoerd. Er had geen doosje chocola of iets anders onbenulligs ingezeten. Wat dan wel? Drugs? Wapens? Gestolen spullen? Geld? Criminele codes? Onnozele ik zal het nooit weten.
Ik had fout spul verplaatst. Punt. Deze achterlijke idioot was schuldig. Slecht.

Na deze pakketjesactie ging ik als een soort robot door. Als een automaat deed ik wat ik altijd deed. Iedereen trapte erin. *Niemand* zag dat ik veranderd was. *Niemand* zag dat álles veranderd was. *Niemand* zag dat het een verrotte toestand in mijn hoofd was. *Niemand* zag dat ik knettergek aan het worden was.
Voelde me oerdom, verloren, eenzaam.
De behoefte om Pierre in elkaar te laten rossen, was verdwenen. Ik wilde geen wraak meer. Ik wilde rust. Terug naar mijn oude sneue leventje.
Na een week zakten de stress en frustratie een beetje. Ik kreeg wat hoop. Zou het voorbij zijn? Zouden ze me vergeten zijn? Zou het langzaam goedkomen met mij?
Tot mijn telefoon begon te trillen … Toen drong – volledig! compleet! helemaal! – tot me door dat het niet voorbij was. Dat ik er middenin zat. Dat het nog ik-weet-niet-hoelang ging duren.

Ik protesteerde niet. Geen enkele keer durfde ik voor mezelf op te komen. Iedere keer als ik gebeld werd, deed ik braaf wat er van me gevraagd werd. Tientallen pakketjes heb ik van A naar B gebracht.
Maandenlang speelde ik de 'boodschappenjongen' van de onderwereld. Maandenlang werd ik uitgebuit. Maandenlang stopte ik niet.
Wilde onwijs graag stoppen, maar zag geen uitweg. Ik zat er tot mijn nek in. Hoe kon ik stoppen? Die mannen ramden mensen in elkaar op bestelling! Wat zouden ze met mij – een schooljongen – doen als ik eruit wilde stappen? Had ik een andere optie dan slaafs luisteren?

Weet je wat opvallend was? *Nooit* werd ik gebeld als ik samen met anderen was. Al mijn opdrachten kreeg ik als ik alleen thuis was. Makkelijk, hoefde ik geen smoezen te bedenken. Hoefde ik niet uit te leggen waarom ik ineens zin had om met Woef te gaan wandelen. En zo kon ik die criminele *hotline* voor iedereen verborgen houden. (Best zuur. Had ik eindelijk een telefoon om stoer mee rond te lopen zwaaien op school, verstopte ik 'em.)
Vreemd was het wel. Hoe wist mijn beller dat ik alleen was? Werd hij getipt? Door wie? Wie hield mij in de gaten? Ik werd extreem paranoïde. Op straat zag ik in iedere toevallige voorbijganger een mogelijke achtervolger. Meende dat ik constant geschaduwd werd.

Doodziek werd ik ervan! Ik viel kilo's af, sliep nauwelijks en haalde de ene na de andere onvoldoende. Deze 'tegenvallende punten' kon ik dit keer niet verbergen voor mijn ouders. Na mijn derde jaar – 'met teleurstellend lage overgangscijfers' – wilde mijn moeder 'toegang tot alle schoolresultaten'. 'Ik sta niet toe dat je je toekomst verprutst, Liam!'

Nou, mam, mijn toekomst verprutste ik op een veel heftigere manier …
Zowat dagelijks beweerde mijn moeder dat ik lui was. Tuurlijk, mam … Hoe kon ik mezelf verdedigen? Ik kon haar moeilijk vertellen over mijn geheime leven als boodschappencrimineel. Levensgevaarlijk!
Om geen argwaan te wekken, probeerde ik mijn cijfers op te krikken. Dat lukte. Het gezeur stopte. Mijn ouders waren dik tevreden. Ouders … Waarom kijken ze nooit verder dan je schoolprestaties?
Voor '*the boss*' en zijn vriendjes was ik doodsbang. Voor de politie niet. Ik was totaal niet bang om gesnapt te worden. Het kwam gewoonweg niet in me op dat de politie me te slim af zou kunnen zijn.
Tot de dag dat alles anders ging …

Foutst

Op een warme lentemiddag trilde mijn telefoon.
'Liam!' krijste mijn beller panisch. 'Direct de deur uit! Ren alsof de duvel achter je aanzit! Pak de brief uit de holle boom in het park en breng deze naar het blauwe gebouw op het industrieterrein! *Go, go, go!*'
Ik spurtte – gestrest – de deur uit, griste de brief uit de boom en sprintte naar de afgeeflocatie op het industrieterrein.
Het 'blauwe gebouw' bleek een soort kraakpand te zijn. Hier zou ik de brief moeten bezorgen. Maar hoe? Het wemelde daar van de politie! En dan heb ik het niet over een paar zielige agenten met hangbuikjes op de fiets. Neenee, dit was een gigantische groep van die sportschoolgasten met kogelvesten en serieuze wapens. Je weet wel, net als op tv. *What the heck?*

Wat er ook aan de hand was, die brief *moest* ik afgeven. Ik probeerde in de buurt van het blauwe gebouw te komen, maar dat lukte voor geen meter. Ruw werd ik tegengehouden door een oudere, mannelijke agent. 'Denk aan je eigen veiligheid, jongen', zei hij. 'Dit is geen oefening. Dit is gevaarlijk. Over een paar minuten valt het eerste team het pand binnen.'
'Huh? Waarom?' vroeg ik stomverbaasd.
'Onze zaak, jongen', antwoordde de agent. 'Jij hebt hier niks te zoeken. Ga naar huis.'

Terwijl ik stompzinnig stond toe te kijken hoe de deur van het blauwe gebouw ingebeukt werd, drong er plotseling

iets tot me door. Deze keer was de opdracht heel anders dan anders geweest. Ik had geen pakketje moeten verplaatsen, maar een brief! *Nooit* had ik een brief van A naar B gebracht. Alleen pakketjes. Op een rustig wandeltempo. *Nooit* rennend 'alsof de duvel achter je aanzit'. En mijn beller sprak altijd kalm en duidelijk. *Nooit* blèrde hij zijn boodschap supernerveus en razendsnel door de telefoon.
Wat voor een brief zat er eigenlijk in mijn broekzak? Een waarschuwingsbrief? Een maak-dat-je-wegkomt-de-politie-komt-eraan-brief? Dan had die brief er waarschijnlijk eerder moeten zijn dan de politie. Dan had ik gefaald ...

Keihard had ik gerend. Maar ik was te laat geweest. De brief kon niet meer afgegeven worden. Dat lag aan mij. Ik had niet een klein beetje gefaald. Ik was *mister fail-de-luxe*!
Wat moest ik doen? Kon de brief niet terugleggen in de boom waar ik hem gevonden had. Wie zou hem dan vinden en lezen?
Shit, van werkelijk niemand had ik een telefoonnummer! Kon dus ook niemand bellen om het uit te leggen.
Ze zouden mij de schuld geven. Gegarandeerd! Ze zouden achter mij aankomen! Ik wist het zeker: ze gingen me vermoorden!
De zon straalde, maar ik stond te klappertanden. Volledig in paniek stond ik te turen naar die politie-inval.

Een jonge, vrouwelijke agent kwam naast me staan. 'Gaat het, jongen?' vroeg ze.
'Toppie ...' stamelde ik.
'Waarom wilde je naar dat pand?' was haar volgende vraag. Zonder nadenken reageerde ik. Was totaal in shock. 'De brief bezorgen', flapte ik eruit. Hoe dom kun je zijn? Nou, die brief wilde ze dan weleens even zien. *Surprise, surprise* ...

Ik haalde de brief uit mijn zak en gaf die aan de agente. Wat kon ik anders? Wegrennen? Mijn benen waren niet langer in staat om te rennen. Een goede smoes verzinnen? Mijn hoofd was niet langer in staat om smoezen te verzinnen. Trouwens, wat maakte het uit? Binnenkort zou ik toch *dead meat* zijn.

'Kom, jongen,' zei de agente, 'drink gezellig een bakkie koffie met me.' Ik werd meegenomen naar een politiebusje. In dat busje 'mocht' ik mijn ID-kaart afgeven en kreeg ik een plastic bekertje met een bruinige drank die voor koffie moest doorgaan. De agente ging – mét laptop – 'gezellig' naast me zitten.
Je snapt natuurlijk dat ik niet echt voor de gezelligheid op de koffie gevraagd was. *Miss* agent probeerde mij uit te horen. Zij wilde info. Harde feiten. 'Van wie is die brief?' 'Van wie moest je de brief hier afleveren?' 'Ken je de mensen in het pand?'
Vragen, vragen, vragen ... Met haar laptop in de aanslag bleef ze maar vragen op me afvuren. Ik zei niks. Absoluut niks. Niet om mezelf of '*the boss*' te beschermen of zo. Praten lukte domweg niet. Ik was verstard. Geblokkeerd. Als een krankzinnige zat ik in mijn 'bakkie' te loeren.
'Ach, jongen, je hoeft je nergens voor te schamen', zei de agente. 'Wij maken dit zo vaak mee! Ik weet precies wat jou overkomen is.'

Niet te geloven! Ik hoefde mijn mond niet eens open te doen! Het héle verhaal vulde die agente compleet zelf in! Volgens haar had een onbekende man mij – 'een naïeve, vriendelijke jongen' – op straat aangesproken. Deze man had mijn hulp gevraagd. 'Gesmeekt' of ik een brief voor hem kon afgeven. Aardige ik had meteen willen helpen.

Vol vertrouwen had ik de brief van de vreemde aangenomen en was ik op pad gegaan om deze te bezorgen. 'Opgetogen' dat ik iemand 'uit de brand geholpen had'. Tot ik bij het pand aankwam en de politie zag, zou ik 'geen vraagtekens gezet' hebben bij de brief of de briefgever.
Oftewel, ik was te goed voor deze wereld en iemand had daar misbruik van gemaakt. *Right* ...

Op haar laptop maakte *miss* agent een mooi verslagje van haar eigen verzinsels. Ze printte het uit en gaf het aan mij. 'Zet jij even een krabbeltje onder jouw woorden?' vroeg ze. Mijn woorden? Ik had geen woord gezegd! Toch nam ik – braaf – de pen van haar aan en zette een handtekening onder 'mijn woorden'. Hierna kreeg ik mijn ID-kaart terug.

De agente had duidelijk medelijden met me. 'Schrikken hè, jongen? Jij kon ook niet weten dat je een brief op zak had van een van de meest gezochte misdadigers. Een meedogenloze vrouwenhandelaar, die '*the boss*' wordt genoemd.' Was '*the boss*' een van de meest gezochte misdadigers? Een meedogenloze vrouwenhandelaar? Was ík de boodschappenjongen van een *vrouwenhandelaar*?
Door mijn geschokte gezicht kreeg de agente nog meer medelijden met me. 'Ach, wees niet bang, jongen', zei ze geruststellend. "*The boss*' is niet op de hoogte van jouw bestaan. De man van de brief, de man die jij op straat gezien en gesproken hebt, is naar alle waarschijnlijkheid een vrij onbelangrijke schakel in het vrouwenhandelnetwerk. Geen grote, gevaarlijke crimineel. Jij hoeft je helemaal nergens zorgen over te maken. Jij bent volkomen veilig. Ga lekker naar huis, jongen. Mochten we op een later tijdstip aanvullende vragen hebben, dan nemen we contact met je op. Moeten we je moeder bellen?'

Ik schudde mijn hoofd.
'Dag, jongen. En denk eraan: geen brieven of pakketjes van vreemden aannemen! Je weet nooit wat erin zit!'
Ik knikte. Huichelaar … Alsof ik niet al maanden fouter dan fout bezig was …
Holde naar huis of mijn leven ervan afhing. En dat bedoel ik niet figuurlijk, maar letterlijk!
Eenmaal thuis bleef ik – moe en bezweet – verder hollen. Trap op, trap af. Kamer in, kamer uit.
Minstens een uur liep ik door ons huis te dwalen. Mijn spieren waren finaal verkrampt, ik merkte het nauwelijks. Het enige dat ik kon, was in beweging blijven. Ik kon niet stoppen. De paniek was te groot.
Wat ging er gebeuren? Werd ik vermoord? Door wie? Waar? Hoe? Wanneer?

Mijn telefoon haalde me uit mijn trance. Anders was ik hoogstwaarschijnlijk doorgehold tot ik automatisch van uitputting neergestort was.
Ik was die criminele *hotline* in de achterzak van mijn broek straal vergeten. Toen ik hem voelde trillen, sprong ik drie meter de lucht in. Ik werd gebeld!
Bijna onmogelijk, maar mijn paniek werd nóg een graadje erger. Met natte handjes en trillend van de zenuwen nam ik op. 'Ha-hal-lo-lo?' klappertandde ik.
Het was '*the boss*' ... Waarom belde hij zelf? Deed hij nooit … Dit kon maar één ding betekenen: het was gedaan met mij! Ik werd geschiedenis! Ik moest een afscheidsbrief aan mijn ouders en zusje schrijven!

Inderdaad, het was '*the boss*'. Maar zijn stem leek veranderd. Hij klonk niet langer zelfverzekerd, stoer of cool. Zijn stem bibberde zelfs een beetje. Weet je wat ik in zijn stem

hoorde? *Angst*! Absurd, niet? '*The boss*' – 'de meedogenloze vrouwenhandelaar' – was bang!
Gek of niet, ik werd er rustiger van. Kon ik tenminste de instructies volgen die hij in mijn oor brulde.
Ik moest mijn spiksplinternieuwe, peperdure telefoon 'vernietigen'. 'Nooit of te nimmer' mocht ik contact zoeken met zijn 'jongens'. En, *last but not least*, ik moest mijn 'kaken stijf op elkaar houden'. Als ik zou kletsen, dan zouden 'ze' me 'weten te vinden'.
Banger werd ik niet van zijn gedreig. Voelde me vooral superopgelucht. Ik was vrij! '*The boss*' was uit mijn leven! Geen gezeul meer met foute pakketjes! Ik kon terug naar mijn oude sneue leventje zonder aftuigwensen en maffiabazen!
Daarnaast begreep ik – tot in de kleinste cel van mijn lichaam – dat ik goed moest blijven oppassen. Ik zou in de gaten gehouden worden. Geen idee hoelang. Misschien word ik nog steeds geschaduwd. Af en toe denk ik iets verdachts te zien. Maar dat kan ook mijn eigen verbeelding zijn. (Hopelijk zijn '*the boss*' en zijn jongens geen boekenlezers. Staan ze dadelijk alsnog op de stoep …)

Alle opgekropte frustratie en agressie gebruikte ik bij de vernietiging van mijn criminele *hotline*. Ik heb de telefoon door de kamer gesmeten, tegen de muur gegooid en met een hamer bewerkt, uit het raam geslingerd, onder water gehouden, in olie gefrituurd.
Geschreeuwd, gehuild en gedanst heb ik. De verknipte situatie was voorbij!
Ik had het amper overleefd, maar ik was eruit! Zónder mijn familie in gevaar te brengen. Zónder een verbouwde Pierre. En zónder dat iemand er ooit achter gekomen was.
Het had allemaal heel anders kunnen aflopen. Misschien toch een bedankkaartje naar de politie sturen?

Onverwacht bezoek

Ik kon maar beter tevreden zijn met mijn leven, besloot ik. Stoppen met mekkeren en dagdromen over 'de goede oude tijd'. Er zijn miljoenen – miljarden! – mensen die niet eens voldoende te eten hebben. Vergeleken met hen viel mijn armoedige ellende reuze mee. Tenslotte had ik genoeg te eten, kleren aan mijn lijf, een huis om in te wonen en een hechte familie.
Waar heb je serieus recht op? Moet je nou echt op vakantie? Moet je per se met een flitsende telefoon lopen rondzwaaien op school? Moet je altijd krijgen wat je wilt? Kun je er niet gewoon het beste van maken? Het doen met wat je hebt? Je leven *leven*?

Jaja, moraalridder Liam stond weer met beide beentjes op de grond. Mijn criminele uitstapje werkte als een keiharde *wake-up-call*. Mijn vaders spreuk 'arm, maar gelukkig' begreep ik volkomen. Zo voelde het voor mij ook. Niet alleen omdat ik liever arm dan een boodschappencrimineel was, maar vooral omdat ik besefte dat dit het was. Dat dit nu mijn leven was en dat ik er zelf iets van moest maken.
Dit zou een mooi eind voor een boek zijn, hè? Man, wat zou ik graag willen dat mijn verhaal hier eindigde!
Helaas moeten wij verder met het begin van mijn eind ...

Het was bijna juni toen '*the boss*' uit mijn leven verdween. Voordat ik doorrace, wil ik even terug naar de meivakantie en iets vertellen over mijn arm-maar-gelukkige-vader.
Afgelopen meivakantie had mijn vader – als enige van ons – twee weken vrij. Nou ja, vrij ... Hij had vakantie opgeno-

men om het hele huis vanbinnen én buiten te schilderen. Een vermoeiend karwei. Maar hij hoefde het niet solo te doen. Hij kreeg hulp van zijn vuilnismaten. Collega vuilnismannen die vrienden geworden waren.
Als ik thuiskwam van mijn eigen vuilnisjongenswerk, was het gezellig druk en lawaaiig bij ons thuis. Er werd hard – en vals! – meegezongen met de muziek op de radio. Er werden moppen en (te) stoere verhalen verteld. En er werden tientallen biertjes naar binnen gegoten.
De meivakantie was een lange vuilnismannenparty. Met mijn vader als het stralende middelpunt. Het plezier spatte van zijn gezicht af. Hij had de tijd van zijn leven.

Persoonlijk was ik toen allesbehalve relaxed. Door mijn geheime loopbaan als illegale pakketbezorger stond ik strak van de spanning. Maar zelfs ik zag dat mijn vader supergelukkig was. Dat hij helemaal het mannetje was naast zijn vuilnismaten.
Tussen zijn vroegere collega's op het architectenbureau was hij niet half zo gelukkig geweest. Ik vond het tof voor hem. Tof dat het goed gekomen was met hem. Tof dat hij *happy* was met zijn 'droombaan' en vuilnismaten.
Dat mijn vaders geluk tijdelijk was, wist ik niet. Dat ons leven – opnieuw – compleet zou omzwaaien, zag niemand aankomen.
De omzwaai kwam op 11 juni ons leven binnen denderen. Die dag staat in mijn geheugen gegrift. De tijd ook. Het was tien over vier.
Op mijn kamer zat ik te leren voor een proefwerk Nederlands. Kon me moeilijk concentreren. Het was te warm om te leren. Toch bleef ik ploeteren. Dit proefwerk mocht ik niet verknallen! Haalde ik een laag cijfer, dan zou ik blijven

zitten. Daar paste ik voor! Wilde niet alsnog falen en alles over moeten doen.
Plotseling ging de bel. Oma-de-controledienst! dacht ik. Ik hoopte dat ze met wat lekkers op de stoep stond. Van dat saaie geploeter had ik trek gekregen.

Enthousiast gooide ik de voordeur open. Op onze stoep stond een man. Geen oma. De man kwam me vaag bekend voor. Maar waarvan? Ondanks de hitte droeg hij een pak mét stropdas. Duidelijk geen vuilnismaat van mijn vader. Vast een boekhoudklant van mijn moeder, gokte ik. Een nieuwe klant dan. Want de overgebleven vijf(!) boekhoudklanten kende ik allemaal van naam én gezicht.
'Mijn moeder is op dit moment afwezig', zei deze 'voorbeeldige' zoon. 'Hebt u een kaartje? Dan belt ze u vanavond.'
De man kreeg de slappe lach. Oké ... Wat nu weer? Minutenlang stond die rare gast te schateren en te proesten. Hij moest zich vastgrijpen aan onze deurpost om niet dubbel te klappen van het lachen. En ik? Ik stond erbij en keek ernaar.
Uiteindelijk lukte het de man om – tussen het lachen door – wat te zeggen. 'Liam! Neef! Hahaha. Herken je je favoriete oom niet? Hahaha.' Oom? Was die malloot een oom van mij?
Mijn vader heeft twee oudere broers: Frans en Diederik. De bulderende man op onze stoep was niet Frans. Die zou ik zo herkennen. Frans zien we namelijk een paar keer per jaar. Diederik niet. Door een of andere 'gewichtige' baan had hij nooit tijd voor ons. Te 'druk, druk, belangrijk'. Was dit 'de internationale topondernemer' Diederik?
'Diederik?' vroeg ik.
'Present!' antwoordde hij grinnikend. 'Wat denk je van een kop koffie?'

Kon mijn herontdekte oom moeilijk op de stoep laten staan. Dus vroeg ik hem binnen en zette een – dure! – kop koffie voor hem.
We gingen in de tuin zitten. Onder de parasol. Ik hoefde niet veel te zeggen. Diederik praatte voor tien. Verhalen over zijn successen in verre landen. Naast Diederik zul je je niet gauw vervelen. Hij kletst wel. *Mister blablabla*.
Hoe dan ook, het was stukken leuker in de tuin met mijn 'nieuwe' oom dan op de snikhete zolder met mijn huiswerk.
'Ik heb een vroegere vlucht naar huis genomen,' vertelde Diederik, 'om mijn broertje te verrassen met een bezoek.'
Een verrassing was het zeker …
Vroeg me af of ik mijn vader moest inlichten over de spontane actie van zijn broer. Heb het niet gedaan. Wilde de verrassing niet bederven. Mijn vader praatte voortdurend – megatrots – over zijn grote, succesvolle broer. De verrassing onder onze parasol zou hij – tien tegen één! – geweldig vinden.

Na een tijdje hoorden we iemand zingend dichterbij komen. Mijn vader! Diederik sprong – met een brede glimlach – op uit zijn stoel. *Surprise*!
Met de fiets aan de hand kwam mijn vader onze tuin in lopen. Diederiks glimlach verdween *onmiddellijk* van zijn gezicht toen hij mijn pa in zijn vieze fluorescerende vuilnismannenkloffie zag. 'Wat heb *jij* nou aan?' riep hij gechoqueerd.
Alle kleur verdween uit mijn vaders gezicht. (Best knap met die hitte.) Hij stamelde: 'Dat zijn m'n werk…'
'Je *werk*kleren?!' brulde Diederik. 'Over welk werk hebben wij het hier?'
'Mijn werk als vuilnisman', fluisterde mijn vader.

'Vuilnisman?!' schreeuwde Diederik woedend. '*Mijn* broer werkt als *vuilnisman*? Onacceptabel! Je hebt een opleiding! Je hoort geen ongeschoold werk te doen! Je hebt een goed stel hersenen! Je hoort niet met je handen te werken! Je kunt schoon werk doen! Je hoort niet te vervuilen! Je kunt tonnen verdienen! Je hoort voor je gezin te zorgen! Je vergooit je leven! Wat zullen papa en mama hiervan vinden? Jij wordt hun dood! Jij bent een schande voor de familie! Een grote teleurstelling!'
Mijn vader kromp. Letterlijk!

Begreep direct waarom mijn vader zijn ontslag en zijn nieuwe carrière als vuilnisman voor zijn ouders en broers geheimgehouden had. Wat een hartverwarmende reactie ... En wat een ongemakkelijke situatie! Aan mijn vader zag ik dat hij ontzettend graag wilde oplossen in de lucht. Hij mompelde dat hij zich ging 'opfrissen en omkleden' en vluchtte hollend naar binnen.
Nice ... Zat ik – alweer – opgescheept met die druktemaker. Ik gaf mijn opvliegende oom maar een glas water, in de hoop dat hij daar een beetje van afkoelde. Helaas ... Pisnijdig dronk hij het glas in een teug leeg, zette het ruw op tafel en begon in zijn tas te rommelen. Uit zijn tas haalde hij een telefoon, waar hij driftig op begon te rammen. Gezellig ...

Opgefrist en omgekleed zag mijn vader er een stuk zelfverzekerder uit. 'Liam, ik wil mijn broer onder vier ogen spreken', zei hij. 'Heb jij geen huiswerk ...'
'Jaja, ik ben al weg', antwoordde ik. 'Op naar mijn tropische zolderkamer!'
Boven ploeterde ik ijverig verder. Met *zero* concentratie, want ik moest telkens aan Diederiks hysterische reactie

denken. Waar bemoeide die gast zich mee? Waar haalde hij het lef vandaan om kritiek op mijn pa te hebben? Hij bepaalde ons leven niet! Wat dacht hij dat we waren? Zijn personeel of zo?
Nam aan dat mijn vader zijn grote broer eens flink de waarheid zou zeggen. Mijn pa deed tenslotte niks verkeerds! Vuilnismannenwerk kon dan misschien niet het meest 'hoogwaardige' werk zijn, het was wel werk. Eerlijk werk! Betaald werk! En werk dat mijn vader leuk vond. Hij was nog nooit zo gelukkig geweest! Iedere ging hij vrolijk naar zijn werk en kwam hij vrolijk thuis. Perfect, toch?
Die licht ontvlambare opschepper moest maar accepteren dat zijn broertje nooit in de *Quote 500* zou staan.

Rond zeven uur ging ik – met scheurbuikhonger! – naar beneden. Voor Nederlands zaten er voldoende feitjes in mijn kop. Tijd voor iets aangenamers: voedsel!
(Tussen twee haakjes: ik heb dat proefwerk *genaild* met een 7,3. *Yes*!)
De sfeer beneden leek ontspannen. Mijn ouders en Diederik deden overdreven vriendelijk en beleefd tegen elkaar. Net een toneelstukje. Het toneelstukje van de ideale modelfamilie.
'Wanneer gaan we eten?' vroeg ik.
'Ja, ik wil eten', zeurde Anouk. 'Ik heb honger.'
Diederik patserig: 'Mag ik jullie trakteren op een etentje?'
Anouk had binnen drie seconden haar schoenen aan. Normaal weet mijn zusje niet eens waar haar schoenen liggen …
Mijn moeder – totaal geen benul van de eerdere stress tussen de twee broers – was verrukt. 'Wat gul, Diederik! Je verwent ons! Eerst met je spontane bezoek en nu met je joviale aanbod om ons mee uit eten te nemen. Dit is met recht een pretdag!'

We gingen naar De Griek! Dat was lang geleden …
Het mocht dan een vreemde vogel zijn, die oom van mij, een etentje bij De Griek ging er wel in!
Al snel zat ik intens gelukkig te wezen met een berg tzatziki voor mijn neus. Blij dat de ruzie voorbij was. Dat mijn vader en Diederik gebroederlijk aan een tafel konden zitten eten en praten.
Alleen had mijn pa's gezicht nog steeds weinig kleur …

Rampzalig nagerecht

Tijdens het toetje bij De Griek zat de stemming er lekker in. Met een volle, tevreden buik keek ik naar Diederik. Die 'favoriete' oom van mij was zo slecht nog niet. Toen Diederik 'het woord' vroeg, dacht ik dat hij wilde toosten op het geslaagde familie-etentje. Onnozele ik …
Uit Diederiks mond kwam geen simpele toost, maar een langdradige monoloog over hoe hij zijn familie 'door dik en dun' steunt. Blablabla. *Sure*, je bent geweldig, Diederik …
Ik luisterde niet echt. Mijn toetje vond ik véél interessanter. Aan het eind van zijn zelfverheerlijkingspreek gaf Diederik 'het woord' aan mijn vader. Die mocht ons 'het heugelijke nieuws' vertellen. Geen idee hoe het mogelijk was met die hitte, maar ik kreeg kippenvel. Over mijn hele lichaam! Al mijn haren stonden in één klap rechtovereind. Mijn lijf wist eerder dan mijn hoofd dat deze avond compleet de verkeerde kant opging ...

Niet bepaald enthousiast zei mijn vader: 'Diederik heeft me een baan aangeboden.'
'Dat is fantastisch nieuws!' riep mijn moeder superenthousiast en ze gaf haar zwager een dikke zoen.
Meteen begon Diederik te stralen als een kerstbal. Stralend merkte hij gelijk maar even op dat mijn vader zou beginnen met een jaarsalaris van anderhalve ton 'exclusief onkostenvergoeding'.
'Cool! Kunnen we nu naar de Efteling, mam?' vroeg Anouk.
Mijn moeder gaf geen antwoord. Ze zat Diederik – met open mond – aan te gapen. Anderhalve ton!

Ook mijn mond hing wagenwijd open. Anderhalve ton … Dáár kun je veel mee doen …
Mijn fantasie sloeg spontaan op hol. We werden rijk! Zowat álles zouden we kunnen kopen! Kópen! Kópen! Kópen!

En toen sloop de twijfel mijn hoofd binnen. Anderhalve ton is een gigantisch jaarsalaris! Wát moest mijn vader daarvoor doen? Iets gevaarlijks? Iets illegaals? Hij zou toch niet dezelfde fout als ik maken en verzeild raken in het criminele circuit?
'Pap?' vroeg ik. 'Wat moet je precies voor dat geld gaan doen?'
'Jouw vader begint als bouwprojectmanager', antwoordde mijn oom. 'Een relaxed baantje, waarbij hij op de bouwplaats rondloopt, de bouwvakkers in de gaten houdt en dagelijks verslag aan mij uitbrengt.'
Mijn moeder greep mijn vaders hand beet en jubelde: 'O, lieverd! Een baan in de bouw! Grandioos!'
'Ja, dat heb ik mooi geregeld!' zei Diederik trots met z'n borst vooruit. 'Morgen start ik met het papierwerk. Binnen een maand zit dat lieverdje van jou in de lucht.'
'De Lucht?' vroeg mijn moeder verward. 'Bedoel je dat wegrestaurant?'
'Welnee, schone zus! Ik heb het over *vliegen*. Over een week of drie, hooguit vier zit jouw lieverdje in een kist naar Dubai.'
Anouk wilde weten of Dubai op de Veluwe lag. Diederik moest daar vreselijk hard om lachen. Mijn – niet meer zo enthousiaste – moeder en ik konden er niet om lachen. Voor zijn nieuwe werk moest mijn vader naar de andere kant van de wereld!

Mijn vader ging ons verlaten voor een baan in het Midden-Oosten … De sfeer aan tafel was acuut verpest. Mijn moeders 'pretdag' was officieel voorbij.
Anouk: 'Klinkt leuk, papa. Maar ben je dan wel terug op 8 augustus? Voor mijn twaalfde verjaardag?'
Somber staarde mijn vader naar zijn gesmolten ijsje.
Diederik gaf weer antwoord: 'Natuurlijk niet, meisje! Dan is jouw vader centjes voor jullie aan het verdienen. Maar over een halfjaar heeft hij een paar weekjes vakantie. Dan hebben jullie hem helemaal voor jezelf. Dat wordt genieten, meisje!'
Anouk begon te huilen. 'Papa is er altijd op mijn verjaardag! Ik wil niet jarig zijn zonder papa! Hij mag niet weg! Als hij weggaat, dan kan hij me niet instoppen 's avonds. En dan kunnen we geen spelletjes doen samen. En dan kan ik hem niet … niet … knuffelen.'
Shit … Over mijn wangen stroomden ook tranen. Mijn vader hoorde bij ons!
Diederik vond dat we ons aanstelden. 'Huilebalken! Jullie hoeven toch niet te wachten tot pappie naar Culemborg komt? Vlieg zelf naar Dubai! Jullie kinderen hebben *honderden* schoolvakanties per jaar! Dubai zullen jullie magnifiek vinden: mooie stad, aardige mensen, veel zand, heerlijk warm. En tegenwoordig kun je elkaar via internet dag en nacht zien. Jullie zullen niet eens merken dat hij weg is!'
Tuurlijk, Diederik … Net als bij Marco zeker …

No way! besloot ik. Mijn vader zou *niet* vertrekken. Liever arm mét vader, dan rijk zónder vader.
Aan mijn moeders gezicht zag ik dat zij er hetzelfde over dacht. Diederik was de enige aan onze tafel bij De Griek die mijn vaders vertrek zag zitten.

Het was overduidelijk dat mijn vader het liefst bij ons bleef. Logisch, want wat moest hij eenzaam en alleen in Dubai? Nog nooit was hij één nachtje zonder ons weggeweest! Hij was ook nog nooit buiten Europa geweest! Wat moest zo'n 'globetrotter' nou in een gloeiend hete zandbak in het Midden-Oosten? Hij wilde vuilnismannenwerk doen met zijn vuilnismaten en 's avonds op onze krakbank ploffen met een biertje. Hoe kwam hij in Dubai aan een biertje? Gewoon bestellen? Onmogelijk! Mijn vaders Engels is belabberd. Of spreken ze in Dubai geen Engels?
Kortom: bouwopzichtertje spelen in Dubai was het slechtste plan *ever*.
Vermoedde dat mijn vader zich opofferde voor ons. Dat was nergens voor nodig! Dat moesten mijn moeder en ik mijn vader vertellen. We moesten hem duidelijk maken dat ons leven prima was zoals het was. Dat we *hem* liever hadden dan het geld. Dat dit – absoluut! – geen mooie kans was. Dat hij vuilnisman moest blijven. En dat Diederik zijn grote ego maar naar Dubai moest sturen!

'PAPA MAG NIET WEG!' gilde Anouk plotsklaps. Iedereen in het restaurant gluurde – sensatiebelust – naar onze tafel.
'Gedraag je, meisje!' zei Diederik boos.
Niet bijzonder slim van Diederik, want zijn woorden maakten mijn zusje nóg nijdiger. Woest griste ze een wijnfles van de tafel naast ons en gooide 'em – hoppa! – op de grond kapot. Dit was het startsein voor de heftigste driftaanval van de eeuw. Anouk stond – midden in het restaurant! – te stampvoeten en te krijsen. Hoe gênant wil je het hebben? Diederik ging vlug betalen, zodat we met dat hysterisch blèrende kind het restaurant konden ontvluchten.

Thuis werd Anouk naar haar kamer gestuurd 'om af te koelen'. Diederik werd niet weggestuurd. Pas tegen tienen rotte hij uit zichzelf op.

Toen Diederik – eindelijk – de deur uit was, probeerden mijn moeder en ik met mijn vader te praten. Dubai moest uit zijn hoofd!
Tot 11 juni nam mijn vader *nooit* belangrijke besluiten zonder mijn moeders goedkeuring. Tot 11 juni luisterde mijn vader *altijd* naar onze meningen en ideeën. Tot 11 juni ...
Die avond gaf mijn vader geen centimeter toe. Mijn moeder en ik praatten, schreeuwden, huilden, smeekten. Het hielp geen zak. Mijn vader bleef maar herhalen dat hij naar Dubai ging.
Hij was gehersenspoeld! Door Diederik! Zijn grote broer had vast urenlang op hem zitten inhakken.
Mijn pa: 'Het is mijn taak om ervoor te zorgen dat het jullie aan niks ontbreekt. Ik moet mijn verantwoordelijkheid nemen. Het zal voor ons allemaal moeilijk worden, maar veel andere problemen verdwijnen als sneeuw voor de zon.'
Had hij een boek vol *oneliners* en clichés ingeslikt of zo? Wat een gebazel!
Hoe kon hij nou werkelijk menen dat geld verdienen zijn voornaamste taak op aarde was? En zijn taak als vader dan? Of echtgenoot? Of zoon? Of vriend? Mijn vader was van plan om iedereen voor wie hij wat betekende in de steek te laten. Doelbewust koos mijn vader ervoor om ons leven *totaal* overhoop te gooien. Ons leven was de laatste jaren vaker overhoop gegooid, maar nooit opzettelijk door *mijn eigen pa*.

Mijn moeder en ik gaven ons niet zomaar gewonnen. Oké, mijn vader luisterde niet naar ons. Maar naar anderen luisterde hij misschien wel. Zou iemand anders tot mijn vaders

botte hersenen kunnen doordringen? Tijd voor hulptroepen!
Ons eerste hulpteam bestond uit opa, oma en tante Aafke. Zij stonden de volgende ochtend al om zes uur naast mijn ontbijtende vader. Als een soort vuurpeloton praatten ze op mijn vader in. Ze peperden hem in dat Diederiks Dubai-plan belachelijk was. Dat iedereen daar doodongelukkig van zou worden.
Mijn vader wilde niet eens naar ze luisteren! 'Neem me niet kwalijk, beste mensen', zei hij. 'Ik heb het druk. *As soon as possible* moet ik ontslag nemen. De plicht roept!'
Gehaast schrokte hij zijn ontbijt naar binnen, sprong op en racete de deur uit. Op weg naar zijn vuilnisbaas om ontslag te nemen.

Mijn vader mocht geen ontslag nemen! Snel belden mijn moeder en ik mijn vaders vuilnismaten om te vragen of zij ons wilden helpen. Of zij mijn vader wilden tegenhouden.
Toen mijn vader het werkterrein op fietste, stonden zijn vuilnismaten hem op te wachten.
'*Dude*, waar heb jij last van?' vroeg een van zijn maten. 'Je hebt een leuk gezin, een mooi huis, geen schulden. Waarom vertrekken?'
'Slaap er een nachtje over', was het advies van iemand anders. 'En praat er rustig met moeder de vrouw over.'
'Gebruik je hersens, man!' schreeuwde een ander.
'Wat moet je gezin zonder jou?' vroeg een vuilnismaat.
'Wat moeten *wij* zonder jou?' wilde een volgende weten.
Mijn vader luisterde niet en reageerde niet. Vastberaden liep hij het kantoortje van zijn baas binnen.
'Gisteren was mijn laatste dag als vuilnisman', zei mijn vader. 'Vanaf heden neem ik ontslag.'

'Aan die idioterie ga ik niet meewerken', verklaarde zijn vuilnisbaas. 'Je hebt een opzegtermijn. Je kunt niet op elk willekeurig moment met een vaste baan stoppen. De komende maanden werk jij bij ons. Die tijd kun je mooi benutten om te bepalen waar je prioriteiten liggen.'
Paniekerig belde mijn pa zijn grote broer. 'Diederik, ze laten me niet gaan!'
Op zijn eigen 'subtiele' manier loste Diederik 'het probleem' binnen een uur op. Door met veel geld te smijten, kocht hij zijn broertje vrij.
Eén dag na ons 'historische' etentje was mijn vaders carrière als vuilnisman voorbij.

De aftrap van mijn pa's loopbaan als Diederiks knechtje was een paar dagen later, op een zaterdag in Sittard. Daar woont Diederik – samen met tante Marie – als hij niet in het buitenland zit. Ook het hoofdkantoor van Diederiks bedrijf zit in Zuid-Limburg. Met een brok in mijn keel keek ik toe hoe mijn vader zijn Dubai-contract ondertekende. Mijn vader ging ons verlaten. We hadden gefaald ......
Onze Limburgse familie was juist 'verheugd' over mijn vaders geplande vertrek. Joepie, nog een succesvol familielid ... Van hen kregen we nul-komma-nul hulp om mijn vader thuis te houden. Onze protesten vonden ze maar raar. 'In het leven kun je niet alles hebben', hoorde ik iemand tegen mijn moeder zeggen. 'Wees dankbaar dat hij zo goed voor jullie zorgt!'
Diederik was de superheld van de familie. De redder van mijn vader. Lang leve familie! Trots organiseerde zijn vrouw Marie een tuinparty – met allerlei dure hapjes en drankjes – 'ter verhoging van de feestvreugde'. Dolle pret ...

Afscheid

En toen plopte – via de mail – mijn vaders vliegticket ons huis binnen. Enkele reis Dubai, op 4 juli. Diederik had gewonnen. Mijn vader zou naar die snikhete zandbak vertrekken. Op duizenden kilometers afstand van ons.

We hadden nog maar twee weken om te wennen aan het idee. We hadden nog maar twee weken om afscheid te nemen van mijn vader.

Alleen kregen we nauwelijks de kans om te wennen of afscheid te nemen. Mijn vader had het 'te druk' om rustig met z'n viertjes te chillen. Hónderden dingen moesten geregeld worden in die paar weken. Zo moest mijn vader bijvoorbeeld ingeënt worden. (Lekker veilig daar ...) En had hij ik-weet-niet-hoeveel nieuwe spullen nodig. Van Diederiks geld kocht hij maatkostuums, stropdassen, schoenen, koffers, horloges, zonnebrillen, laptops, telefoons, zonnebrandcrèmes enzovoorts, enzovoorts.

Maar vooral het 'inwerken' nam mijn vader serieuzer dan serieus. De krakbank werd weer even het middelpunt van zijn universum. Dit keer niet voor een hernieuwde stress-kip-de-luxe-fase. Nee, op onze krakbank bereidde hij zich – superfanatiek – voor op zijn nieuwe functie in Dubai.

Wie was deze man? Ik herkende mijn eigen vader niet. Plots was hij veranderd in een snelle zakenman. Strak in het pak, goed geschoren, zelfverzekerd.

Wat een bizarre transformatie! En wat een afgrijslijk vlugge transformatie! In de meivakantie stond hij nog – in oude kleren en met stoppelbaard – op een ladder te schilderen en te zingen met zijn vuilnismaten. Nu wilde mijn vader zijn oude maten niet eens meer kennen! Hij had ze allemaal gedumpt, omdat ze niet bij zijn nieuwe 'levensstijl' zouden passen.

Van de ene op de andere dag werd zijn werk zijn beste vriend. Dágen achter elkaar bestudeerde mijn vader heel gewichtig de meest saaie bestanden en dossiers. Met zijn kersverse designleesbril op het puntje van zijn neus. Voor niemand had hij tijd of aandacht. Ook voor mij niet. Het was het mooiste weer van de wereld, maar niet één keer wilde hij een balletje met me trappen. Mijn vader reageerde zelfs amper op me.

Wie is mijn vader? Is hij 'de brave technisch tekenaar' of 'de starende stresskip-de-luxe' of 'de lollige vuilnisman' of 'de serieuze businessman'? Hij verandert voortdurend. Verknipt!

'Je vader heeft altijd maatschappelijk succesvol willen zijn', zei mijn moeder. 'Hij is helemaal in zijn element. Laten we blij zijn voor hem.'

Mijn vader was inderdaad 'in zijn element' als businessman. Hij gedroeg zich alsof hij het geen probleem vond om ons achter te laten. Alsof hij ons niet ging missen. Dat deed pijn. Hoe kon ik daar 'blij' om zijn?

Trouwens, mijn moeder huppelde zelf ook niet bepaald blij rond. Droevig en stil zwierf ze door het huis. Ze was gestopt met protesteren. Niet omdat ze mijn vaders vertrek geaccepteerd had, maar ze begreep – net als Anouk en ik – dat we mijn vader niet bij ons konden houden. Op 4 juli zou hij, hoe dan ook, in die kist naar Dubai stappen.

Na het tekenen van het Dubai-contract in Sittard had Diederik – direct! – een enorm geldbedrag op onze rekening gestort. Met dit geld kon mijn vader alles kopen en regelen

voor zijn vertrek. Als een professionele *shopper* smeet hij met geld. Ondanks dat lukte het mijn vader niet om het hele bedrag stuk te slaan.
'Houd de rest van het geld maar', zei Diederik aan de telefoon tegen mijn moeder. 'Koop wat leuks voor jezelf, schone zus.' Anouk en ik stonden meteen in de startblokken. Geld uitgeven!
'Zullen we eerst een nieuwe bank kopen?' vroeg ik.
'Ik wil naar de Efteling!' gilde Anouk. 'Gaan we naar de Efteling? Gaan we naar de Efteling? *Please*!'
'Nou,' merkte opa op, 'als ik een suggestie mag doen ... Stuur jullie moeder met dat geld naar de tandarts! Zij heeft al tijden een gat in haar gebit. Een kunstkies zal haar voortreffelijk staan.' *Good point*, opa!

En weet je? Van dat restbedrag konden we met gemak alle drie die dingen betalen. Toch werd er geen afspraak bij de tandarts gemaakt. Toch werd er geen datum voor de Efteling geprikt. En toch werd er geen nieuwe bank uitgezocht. Mijn moeder vertikte het. Het geld zette ze op een spaarrekening. 'We raken dat geld met geen vinger aan!' besliste zij. 'Als jullie vader heimwee krijgt, dan hebben we het hard nodig om hem terug naar huis te krijgen.'
Stel je voor, dadelijk moet mijn vader verplicht in Dubai blijven, omdat er geen geld voor de terugreis is ... Nee, ik was het – voor de verandering – een keer met mijn moeder eens. Het geld mogen we niet verbrassen. Hoop dat we het gauw nodig hebben voor een enkele reis Dubai-Amsterdam.

Gisteravond, de laatste avond voor mijn vaders vertrek, was het 'feest' bij ons thuis. Mijn verdrietige moeder had een uitzwaaifeestje georganiseerd. We konden mijn vader

moeilijk naar Dubai laten *moven* zonder een fatsoenlijk afscheid.
Nou ja, een fatsoenlijk afscheid ... Het werd het treurigste afscheidsfeestje in de geschiedenis van de afscheidsfeestjes.
Om te beginnen kwam er bijna niemand. Eigenlijk alleen tante Aafke, opa, oma en een appeltaart. Niet één vuilnismaat liet zijn gezicht zien. Mijn moeder had alle vuilnismaten persoonlijk uitgenodigd. Geen van hen wilde komen. 'Het ligt niet aan jou', zei een van mijn vaders oude maten tegen mijn moeder. 'Die vent van jou hoeven we effe niet te zien. Hij voelt zijn eigen beter als ons. We hebben niks tegen jou of de kinderen. Roep maar als jullie onze hulp kennen gebruiken.'

De slingers, de muziek en de appeltaart hadden niet het gewenste effect. Het uitzwaaifeestje werd er niet echt feestelijker van. De feeststemming was waarschijnlijk naar Dubai vertrokken of zo.
Mijn moeder kwam met dikke, rode ogen de badkamer uitlopen. Duidelijk gehuild. Ze toverde een nepglimlach op haar gezicht en kletste de hele avond overdreven vrolijk en opgewekt met haar ouders en zus. Wie hield ze voor de gek? Zichzelf? Oma deed overdreven vrolijk en opgewekt met haar dochter mee. *Fake*!
Anouk zat op haar kamer driftig te wezen. Ze wilde niet eens naar beneden komen voor een stuk appeltaart. Die appeltaart van Anouk verdween in mijn buik. De rest van de avond hing ik sloom op onze goede oude krakbank.
Zelfs Woef – onze verharende hond – was gisteravond van slag. Hij was superonrustig. Hyper sprong hij door de kamer. Ook hij had door dat er iets ingrijpends ging gebeuren. Onze – niet zo snuggere – hond wist alleen niet wat.

Hij weet nog steeds niet wat … Op dit moment staat het arme beest namelijk – druk kwispelend – bij de achterdeur te wachten tot mijn vader thuiskomt. Je kunt hem blijven roepen. Telkens loopt Woef terug naar de achterdeur om mijn pa als eerste te kunnen begroeten. Kan-ie lang wachten ...

Na dit 'geslaagde' afscheidsfeest reden we vanochtend naar Schiphol. In de auto waren we voor het laatst met z'n vieren. Niemand had het over waar we allemaal aan dachten. Aan een leven zonder mijn vader.
De leegte werd opgevuld met onzindingen. Mijn moeder checkte of mijn vader wel alles ingepakt had. Vrij nutteloos. De afgelopen dagen had ze de inhoud van mijn vaders koffers al honderdduizend keer per dag gecheckt. Anouk zong – keihard en megavals – een stelletje liedjes dat mijn vader zeker niet mocht missen voordat hij de lucht in ging. Vrij traumatisch. Weinig kans dat mijn vader Anouks gekrijs zal missen.
Ik had geen zin om de leegte op te vullen. Daarom zei ik niet veel. Mijn ouders probeerden mij aan het praten te krijgen door 'geïnteresseerde' vragen over school te stellen. *Right* … Niet bepaald dé manier om mij enthousiast aan het praten te krijgen.
Ik had trouwens op school moeten zijn. Door mijn moeder was ik 'ziek' gemeld. O … Hopelijk zijn leerplichtambtenaren geen boekenlezers …

Op Schiphol dumpte mijn vader zijn koffers. Daarna ploften we op een bankje naast een roltrap. Met bleke, trieste gezichten keken we elkaar aan.
Mijn moeder haalde onze zelfgesmeerde boterhammetjes uit de tas. Die kauwden we – stil – weg.

Als jij ons had zien zitten, dan had je vast gedacht dat er bij ons in de familie iemand ziek of dood was.

En toen moest mijn vader de douane door. Hoogste tijd! Zijn vertrek kon niet langer uitgesteld worden. Eerlijk gezegd was ik opgelucht. Ik wilde naar huis. Weg van dat hele Schipholgebeuren.
Met een kus en een iets te stevige knuffel nam mijn vader afscheid van ons. Hierna duwde mijn moeder hem lichtelijk agressief richting de douane. Hup, hup! Net als ik was mijn moeder dat hele Schipholgebeuren spuugzat. Zonder waarschuwing vooraf draaide ze zich opeens om en begon te lopen. Mijn vader stond nog niet eens in de rij voor de douane!
Als een doldwaze snelwandelaar stapte mijn moeder richting onze geparkeerde auto. Anouk en ik holden achter haar aan. Mijn moeder keek niet op of om. Anouk jammerde dat ze langzamer moest lopen. Mijn moeder luisterde niet. Strak voor zich uitkijkend marcheerde ze door. Ik vond het prima. Ook ik wilde lópen, lópen, lópen. Weg van alle *shit*.

Tijdens de rit terug naar huis zette mijn moeder de radio loeihard. Standje gehoorbeschadiging. Top, konden we elkaar niet verstaan. Hoefden we tenminste niet onze 'gevoelens te delen'.
Thuis viel mijn moeder – als een gestoorde maniak – ons huis aan met een sopje en een dweiltje. Een nieuwe vlaag van poetswoede. Gisteren had ze ook zo'n vlaag van fanatisme. Maar waarom zou ik daarover mekkeren? Als het haar oplucht, lekker laten gaan. Wat jij? Uiteindelijk valt mijn moeder vanzelf om van vermoeidheid …

Anouk ging buiten spelen. Een waterballonnengevecht houden met een stelletje buurkinderen. Plezier maken alsof er niks aan de hand is. Alsof haar vader niet in een kist naar Dubai zit. Alsof hij vanavond – en niet pas met kerst! – thuiskomt …

Ciao!

Dit was het sneue verhaal van Liam Aldersen.

Ciao! Je kunt weer wat boeienders met je leven gaan doen. Of ben je ondertussen in slaap gevallen?

Zelf ben ik behoorlijk moe. Nog nooit heb ik zó lang achter elkaar gepraat. Ik ben niet bepaald een eersteklas kletskous. Tot vandaag dan ...

Vandaag had ik plotseling behoefte om te práten. Om gehoord te worden. Een geheel nieuwe ervaring ...

Ik weet niet precies waarom ik niet gewoon ging rennen, maar wilde vertellen. Ik weet wél dat ik klaar ben met al die geheimzinnigheid. Geen leugens meer!

Úren heb ik zitten vertellen. Mijn verhaal is *finito*. Ik stop. *Have a nice life*! Bedankt dat je mijn *story* gelezen hebt!

Volgens Joke – mijn opschrijver – is dit 'meesterwerk' niet af. Zij mist info over mijn toekomst. Vreemde opmerking. Ik ken mijn eigen toekomst toch niet! Tenslotte ben ik geen toekomstvoorspeller of zemelen etende goeroe.

Oké, oké, wat jij wilt, Joke, dan vertel ik hoe mijn toekomst eruit *kan* zien. Schrijf maar verder!

Wanneer mijn vader het volhoudt als gastarbeider in die brandende zandbak, dan zijn we binnenkort vaderloos én rijk. Dan is onze vette crisis formeel voorbij. Dag dramatische geldproblemen en extreme bezuinigingen! Joehoe ... Eeuwen heb ik op geld gehoopt – erom gesmeekt! – en nu ben ik niet eens 'verheugd'.

Geld zal ons leven compleet veranderen. Mét geld krijgen we een leven vol keuzes. Wat zullen we gaan doen? En wat zullen we gaan kopen?
Verhuizen we naar een duurder huis? Ik denk het niet. Dit is ons thuis. We hebben niet voor niks gevochten om in ons huis te kunnen blijven. Hier horen wij.
Het geld geven we wel uit aan andere dingen. We kunnen bijvoorbeeld een spiksplinternieuwe caravan kopen ... Of een ultramoderne niet-krakende bank ... Of Anouk een waanzinnig groot verjaardagsfeest geven ...
Of reizen ... Naar Dubai, Italië, Canada ... Kijken waar Marco woont. Kijken hoe het is om hem live te zien. Kijken of onze oude vriendschap terugkomt ...

Genoeg poen betekent ook dat mijn moeder kan stoppen als opvangjuf. Mijn moeder: 'Anouk gaat na de zomervakantie naar de brugklas. Hierdoor heb ik geen binding meer met de basisschool. De tijd die ik nu besteed aan de buitenschoolse opvang spendeer ik liever aan mijn bedrijfje. In de hoop dat ik het nieuw leven kan inblazen.'
Toch heeft mijn moeder haar ontslagbrief nog niet geschreven. Dat doet ze pas als het zekerder dan zeker is dat mijn vader tot de kerst wegblijft. Slim. Mijn pa's zandbakavontuur kan natuurlijk mislukken ...

De zomervakantie begint bijna. Die hele vakantie moet mijn moeder voor andermans kinderen zorgen. *Boring*!
Eigenlijk zou ik als vuilnisjongen – zes weken lang! – de milieustraat onveilig maken. Dankzij mijn pa ben ik mijn vuilnisbaan kwijt. 'Een bijbaan in de vuilnisbranche is exclusief voorbehouden aan kinderen van medewerkers.' Dus omdat *mijn vader* weggelopen is, mag *ik* geen vuile handen meer krijgen.

Trashboy Pierre zal ik *absoluut* niet missen. Maar wat dacht je van mijn geld? Ik wil gecompenseerd worden! Tijd voor zakgeld! Vind je niet?

Totaal geen idee wat ik met die zeeën van tijd in mijn zomervakantie moet. Beginnen met een – dure – hobby? Of een baantje in een schonere branche zoeken? In m'n uppie thuis rondhangen is in ieder geval geen optie. Ik zal wat moeten verzinnen.
Wat doen andere jongens van mijn leeftijd in de zomervakantie? Zal het morgen eens aan ze vragen. Misschien kan ik meedoen.
Of zal ik Maaike proberen te overtuigen van mijn liefde voor haar? Geld kan me hierbij helpen, bijvoorbeeld in de vorm van een bos bloemen, of een doos chocola ...

Zal ik eraan wennen? Mijn vader zo ver weg, bedoel ik. De pijn zal wel minder worden. Denk ik. En het geld zal ook wel wennen. Denk ik.